我的妹妹哪有這麼可愛！
15
黑貓if
上
伏見つかさ
Tsukasa Fushimi
Illustration◆かんざきひろ
Kadokawa Fantastic Novels

本篇故事包含了超自然現象等要素。

第一章

我是高坂京介，一個極普通的高中生。

——等等，這段自我介紹到底重複過幾次了？

抱歉。我想大家應該也很膩了吧。

但是，嗯……再忍耐一下聽我說吧。

何況你們可能早就忘記存在感薄弱的我了。

另外為了不讓大家感到一頭霧水，有些事情還是得說明清楚才行。

像是，現在是什麼時間點——之類的。

嗯……不過在這之前呢。

各位已經聽了這麼久的故事……在此要先建議大家把腦袋清空一下比較好。

套一句我妹妹的說法，擁有前一個路線的記憶會很奇怪吧？

……清空了嗎？

那麼，我就大致上再說一遍重要的事情吧。

我有一個小我三歲，名字叫桐乃的妹妹。

她是個非常任性的傢伙——雖說外表看起來比任何人都可愛啦。

然後我們的感情很差。

感情差到明明住在同一個屋簷下，卻不開口交談，甚至連看都不看對方一眼。

但是某一天，我不小心得知了妹妹的祕密。

亦即她是「超喜歡妹妹與色情遊戲的御宅族」這個嚇死人的祕密。

然後最討厭的妹妹就對我表示……

——我想做……人生諮詢。

這就是大騷動的開始。

也是漫長故事的起源。

不過，很開心的是「我和妹妹」這樣的故事，這次終於能暫時告一段落。

沒錯。

桐乃離開日本，到國外去當運動留學生了。

她已經從我眼前消失。

我們之間的故事就此結束——當然還不至於如此啦。

我那個超任性又令人火大的妹妹，有好一陣子不會出現在故事裡面。

好了，差不多該進入主題了。

接下來的內容很重要，你們要仔細聽啊。

「現在」對我來說是高中三年級的六月。

對妹妹而言是國中三年級的六月。

是我得知桐乃興趣的一年之後。

也是五更瑠璃成為我學妹的兩個月之後。

然後我要在此宣言。

現在要說的不是「我和妹妹」的故事——

是我跟黑貓的故事。

黑貓是女孩子的網路暱稱，她的本名叫做五更瑠璃。

有著在額頭前方切齊的美麗黑髮、賽雪的通透肌膚，身穿黑色哥德蘿莉服，不斷重複著被揶揄是中二病的尷尬發言——她是可愛的御宅族，也是妹妹的朋友。

這就是名為黑貓的女孩子給我的印象。

我大約是一年前在秋葉原與她認識。

當時為了幫妹妹桐乃拓展人脈，參加了御宅族社團「宅女集合」的網聚。

在御宅族的女孩子們各自因為相同興趣的話題而熱絡聊著天的會場裡——

有兩個傢伙孤單地無法融入開心的談笑中。

那兩個人就是桐乃與黑貓。

兩人同為御宅族社團的問題成員。

或者可以說同是天涯淪落人。

記得一開始好像是這樣。

緊接著——社團主辦人沙織．巴吉納貼心地邀請她們兩個人參加二次會。

然後她們才成為朋友。

——那不就是和梅露露競爭的動畫嗎？我記得它是被稱為自以為是的邪氣眼廚二病的動

畫。

——**妳說了我無法裝作沒聽到的事情了。**

——**那是只要夠萌就好的大人才會看的拙劣的作品。**

不過一開始兩個人就這樣吵起來了。

——**唉，妳真可憐！竟然沒看那個！不要小看兒童動畫！**

——**什麼叫廚二病動畫啊。**

——**我可是非常之討厭由那三個單字組成的詞喲。**

在毫無隱瞞的情況下談論自己最喜歡的興趣。

全力地提出自己的意見並且互相叫罵。

不論如何，她們看起來就是相當地開心。我為了勸架而說了句「不過就是動畫罷了」，就被她們一起罵爆了。

真搞不懂她們究竟是合不合得來。

對於桐乃來說，在那天邂逅的黑貓與沙織是首次認識的御宅族朋友。

對我而言也是首次交到的御宅族朋友。

之後又發生了許多事情，桐乃與黑貓的友情也越來越深厚。

同時在不知不覺之間……我和黑貓的關係……也一點一點產生了變化。

對我而言原本是「妹妹的朋友」的黑貓——

現在是以我的學妹五更瑠璃的身分跟我就讀於同一所學校。

上了高中的黑貓，一開始就發揮了怕生的天分，在班上遭到孤立……但以社團活動加入「遊戲研究社」為契機而交到赤城瀨菜這個朋友，開始慢慢地融入班上——

這就是我跟黑貓的現狀。

是不是讓大家重新回想起來了？

那麼就開始吧。

所有櫻花散落在校園，季節逐漸進入夏天的時候。

If的故事將從六月的放學後重新出發。

那一天，上完課的我正前往遊研的社辦。

走在社辦大樓的走廊上，準備爬上通往二樓的樓梯時遇見了黑貓。

她以乍看之下相當冷漠的沉穩動作對我輕輕點了一下頭。

「哎呀，學長……午安啊。」

「嗯。」

我舉起一隻手來回應。

最近變得可以看得出來了……她今天的心情似乎不錯。

我感到有些意外。

這是因為，黑貓她確實有感到沮喪的理由。

隸屬於遊戲研究社的黑貓，為了和瀨菜一起投稿作品到名為「Chaos Create」的遊戲製作大賽而共同製作了遊戲。

現在才剛得到結果。

很可惜的沒有得獎，甚至還在名為「Kuso Game」的網路留言板遭到大肆批評。

最後只得到這種相當悲慘的結果。

黑貓雖然強顏歡笑，但是瀨菜就暴怒而且大肆胡鬧。

哎呀，那個……這兩個傢伙製作的遊戲呢，是融合了瀨菜的迷宮RPG與黑貓的文字故事後完成的作品。

名字就叫做「強欲的迷宮」。

黑貓硬塞入的「中二病要素」與瀨菜硬塞入的「同性愛要素」混合在一起……就成了實際

上很雷的作品了。

再怎麼說都是由玩家來票選，那麼就算被評為糞Game也是沒辦法的事。不能因此而責備網路上那些傢伙。

即使如此，對於黑貓來說那依然是和「高中首次交到的朋友」一起嘔心瀝血製作出來的作品。這樣的作品遭人貶低，當然會感到沮喪才對。

「學長，你好像有話想說？」

回過神來才發現黑貓正窺看著我的臉龐並發出輕笑。

「啊，沒有啦……那個……」

「你覺得我會很沮喪嗎？」

被看透心思的我感到害怕。結果黑貓就很害羞般紅著臉頰表示：

「真是的，這個爛好人……不是說過……我早已習慣遭到批評了。」

「但是……」

不可能不感到懊悔吧？

我很清楚妳是帶著多麼大的期盼來製作這款遊戲。

我就在自己的房間裡，一直從旁邊看著黑貓作業的樣子……

出現自己無法修正的Bug時，甚至還低頭請求仍處於吵架狀態中的瀨菜幫忙。表示希望她能夠協助自己，希望能夠一起製作遊戲。

對黑貓來說，「強欲的迷宮」就是如此灌注心血的一款作品。

卻只得到那樣的結果……但是她又不感到難過。

「沒有時間感到沮喪了。因為我要製作下一款遊戲——這次打從一開始就要跟瀨菜一起努力。」

「……這樣啊。」

真是了不起。

我打從心底這麼認為。

不論是桐乃、沙織、黑貓還是瀨菜都一樣。

能夠對一件事情熱衷到這種地步的御宅族們，在平凡的我眼裡是那麼地耀眼。

「…………」

默默地走了一陣子後。

「那個……」

黑貓突然這麼說。

「有件事情要先向你報告。」

黑貓有事要向我報告？

想著「是什麼事呢」並且將注意力轉移過去後，她便表示：

「各方面都有所改善了……像是班上……之類的。所以……還是向你報告一下。」

女孩斷斷續續說出內心的想法。

到前陣子為止，這傢伙都無法融入班上，結果被人強迫她負責打掃工作。

現在她表示情況已經改善了。

雖然表達能力不是很好，不過黑貓似乎是在向我道謝。

於是我便這麼回答：

「我沒做什麼事啊。」

「的確沒幫上什麼忙。」

竟然肯定了！這時候應該說出「沒這回事」來否定我的發言才對吧？

「不過我很高興。」

「…………」

「你對我說不是把我當成妹妹的代替品，而是真的替我擔心，這讓我真的很高興。」

黑貓一邊說一邊低下頭去。

那個時候我只是說出自己的真心話罷了。

這樣啊……很高興嗎？那就好。

溫暖的情緒盈滿內心。

「那個……學長……我——……」

當低著頭的黑貓似乎下定決心想說些什麼時。

「啊，五更同學！」

從背後傳來熟悉的聲音。

「！」

黑貓的肩膀震動了一下，然後回頭往聲音的來源看去。

站在那裡的是一名戴著紅色眼鏡的紅髮少女。

她是赤城瀨菜。除了是黑貓的同班同學之外，也是同社團的伙伴——兼朋友。

然後同時也是我的朋友——赤城浩平的妹妹。

跑過來的瀨菜，似乎現在才注意到走在黑貓旁邊的我。

「咦，高坂學長也在嗎？兩位，我們一起去社辦吧！等等……五更同學？妳怎麼好像在鬧彆扭？」

「我才沒有。」

「妳就有。對吧，高坂學長？」

確實是有。正鼓起臉頰鬧著彆扭。

為什麼呢？跟剛才說到一半的話有關嗎？

我原本想馬上再問一次。

但是突然不開心的黑貓丟下我跟瀨菜，快步走開了去。

看來是錯失良機了。

「到底要說什麼呢？」

「……誰知道啊。」

我和瀨菜只能面面相覷並且露出納悶的表情。

遊研的社辦在社辦大樓二樓走廊的盡頭附近。

原本是除了電腦與遊戲之外還有諸多御宅族商品的魔境，但是因為增加了兩名喜歡整潔的女社員，現在多少變整齊了一點。

大概是就算老師臨時來抽查，應該也可以混過去的程度。

但仔細檢查的話，就會出現情色人物模型，屆時就很不妙了。

社團活動的成員們就聚集在這樣的社團教室當中。

「好，人差不多到齊了！」

把白板拖到顯眼位置後扯開喉嚨發出聲音的，是三浦絃之介。

他是遊研的社長，對我來說是第一個男性御宅族朋友。
這名身材高挑瘦削的男學生戴著眼睛，而且還有一張老臉。
「注意！」
社長用手拍打白板。這個人難得這麼主動。
基本上這個社團相當悠閒。
主要的活動是製作同人遊戲，但是很多幽靈社員，而且也不是每個來的人都在製作遊戲。
反而是玩遊戲的社員比較多。
原本應該是這樣，但今天的氣氛卻跟平常不同。
這到底是怎麼回事？
面對露出看見稀奇現象般眼神的社員們，社長開口說道：
「你們給我聽好了！今天要舉行關於今後活動預定的會議！」
「社長，你為什麼突然間說出一般社團時常可以聽見的發言？」
「這裡就是一般的社團啊！」
社長這麼大叫。
對他說出冰冷吐嘈的是真壁楓。
他是一名有著娃娃臉的認真少年。實際上，在遊研裡算比較有常識的人。

此時由他代表眾人說：

「至今為止都讓我們自由發揮，突然就開始指揮起來，當然會覺得奇怪啊。請好好地說明一下。」

「……唔，說得也是啦。」

性格破天荒的社長，因為真壁的發言而踩了煞車。他們或許可以成為很棒的拍檔。

「啊……咳咳。」

開始含糊其辭的社長，乾咳兩聲才把視線移到一年級社員身上。

「赤城、五更。」

「是的。」

只有瀨菜開口回答。

「妳們這次寫了企畫書來競爭，然後製作遊戲投稿大賽——已經有結果了吧。」

「只不過是很淒慘的結果。」

瀨菜露出厭惡的表情。

「但是也有收穫吧？」

「……嗯，或多或少啦。」

「那是因為妳們全力以赴的關係。先不管一般的評價如何，剛剛入社的一年級社員完整地製作出一款遊戲。這真的很了不起喔。」

社長並非為了安慰兩個人而這麼說。這點小事我也看得出來。

瀨菜和黑貓一定也感受到他的心意了。

「……謝謝社長。但這樣的結果無法令我滿足。」

「我也是。下次一定要製作一款讓貶低『強欲的迷宮』是糞Game的傢伙也樂在其中的遊戲，讓他們開口說出『很有趣』。哼哼哼……這就是我的復仇喲。」

從瀨菜與黑貓身上噴出宛如黑色火焰般的幹勁。

「有志氣。」

社長很滿意地點點頭。

「真壁啊。看見這兩個傢伙展現的幹勁，你還能懶散地玩遊戲虛度時光嗎？我——已經三年級了。馬上就要畢業離開這裡。」

「你去年也這麼說過。這次真的能順利畢業嗎？」

「別開玩笑！難得我做出這麼正經的發言！嗯嗯……至今為止社團都尊重社員的自主性而只從事個人製作對吧。」

「是啊。認真的人就認真，想混的人就混，隨自己高興怎麼做都可以。」

「我認為這是不錯的方針喔。社團的團體製作呢，不是所有參加者都有意願的話就無法順利完成——但是！」

社長用手掌拍打長桌……

「我在高中生活的最後這段時間，想跟你們一起製作遊戲！我們要進行集團製作嘍！看見一年級們的活動後覺得心癢難熬的社員全部參加！」

不知道是誰發出「喔喔」的聲音。

就像燃燒的火焰擴散出去一樣——黑貓她們的幹勁傳染到各個社員身上。

感覺似乎能看見開始持續延燒的模樣。

「不錯呢，也讓我參加吧。」

「真壁學長……」

瀨菜看著真壁學弟露出高興的樣子。

有著「事情不確實做好就無法滿足」這種風紀股長般個性的她，或許正因為懶散的社團活動受到自己影響後開始有所變化而感動吧。

「赤城學妹，我們一起製作遊戲吧。」

「好的！」

瀨菜以閃閃發亮的眼神點著頭。

「那個…………要跟真壁學長一起製作遊戲的話，我已經有想製作的內容了！」

「是跟同性愛有關的內容吧？」

「是的！」

「那就不行喔。」

真壁露出燦爛的笑容。

「噗～」

瀨菜鼓起臉頰展現出不滿的模樣。

赤城瀨菜——這傢伙是喜愛男性間戀愛作品，亦即人稱腐女的存在。

幾天之前，在遊研社辦舉行的新作甄選會場裡。

她毫不掩飾地展現自身的性癖好，完成了以男生社員為模特兒的角色們發生關係的恐怖作品。

其中也包含以我作為模特兒的角色，該角色的屁股上有著肉便器這幾個字的刺青。真是個超愛性騷擾的學妹。

話先說在前面，我到現在仍未釋懷，依然感到憤怒喔。

什麼叫做「噗～」啊，這個臭腐女。絕不原諒妳喔。

不過真虧真壁還能夠笑著回答瀨菜耶。

他現在也開口安撫著那隻腐臭的猛獸。

「赤城學妹，投稿參賽後不是『有所收穫』了嗎？」

「嗯，是啊。」

瀨菜噘起嘴唇。

「這樣的話，妳應該知道我想說什麼吧。」

「我知道。這次要製作的不是我覺得有趣，必須要是玩家感到有趣的遊戲。」

「自己製作時感到有趣，玩家在遊玩時也覺得有意思，這才是理想的遊戲。」

「那很困難吧。」

「啊哈哈，我也沒成功過啊。」

「咦……」

「這次就由大家一起來挑戰製作一款理想的遊戲吧。」

「……那就試試看吧。」

真壁的說服發揮功效，看來新作品是可以壓抑瀨菜的失控了。

當他完成這樣的偉業時，社長卻大聲插話進來表示：

「喂，你們看～！真壁在女生社員面前擺出一副學長的模樣～！」

「喂喂！枉費我一番苦心！」

這就是我和黑貓參加的遊研日常可見的光景。

從春天開始的新生活中吵吵鬧鬧的一幕。

就這樣——

遊戲研究會決定由眾人一起製作新的遊戲。

對於沒有相關技能的我來說，也只能在旁邊提供協助了。

能做的事我會盡量去做。

當黑貓在學校遭到孤立時，有著「想幫忙改善這種情況」念頭的我出手管了閒事。

和沙織一起擬定作戰計畫，陪她一起加入遊研，在製作遊戲時待在她身邊——現在也像這樣隸屬於同一個社團。我明明是考生啊。

這絕對不是出於義務感。或許——一開始是因為過往的壞習慣才會忍不住出手。

我自己覺得跟黑貓在一起很開心。

所以不要搞錯了。我是自願待在這裡。

「要製作什麼樣的遊戲？」

我舉起一隻手來問道。

「嗯，以這樣的成員來看，應該是文字遊戲吧。」

雙手環抱胸前的社長立刻這麼回答。瀨菜接著舉手發言：

「那個，請問是為什麼呢！我有其他想製作的遊戲類型耶！」

「為什麼我說要製作文字遊戲嘛……」

社長把一疊紙放到長桌上。

那是前陣子黑貓與瀨菜提出的甄選用企畫書。

「一年級學生製作的『強欲的迷宮』。用它來投稿得到結果了吧。」

「…………」「…………是的。」

黑貓＆瀨菜氣鼓鼓地肯定。

「所以呢，妳們現在想製作記取上次教訓的作品。我沒說錯吧？」

「……對喲。」「沒有錯。」

「到底是哪裡不好、該怎麼做才能變好，妳們各自思考過這些問題了吧。這些答案之後再問妳們，我先發表高年級學生商量過後的結果。」

喔喔，社長好有學長的樣子啊。

「妳們還不要製作複雜的遊戲。製作簡單一點的遊戲並且獲得正面的結果。首先從製作上比較簡單的文字遊戲開始。這種類型呢，劇本——故事就變得很重要了。如果文字遊戲能得到好的評價，那麼『接下來妳們在遊研製做的所有遊戲』的劇本就能獲得改善吧。」

「強欲的迷宮」這款遊戲，由黑貓所寫的劇本受到強烈的批評。

而且瀨菜硬塞進去的同性愛要素也遭到劇烈的拒絕，甚至被當成嘲笑的哏。

社長的意思應該是「把缺點一個一個修正過來」吧。

「我想把最後一年的時間用在提升妳們的能力。想讓它變成『將遊研託付給妳們的期間』。等到我們離開之後，妳們能不斷製作好遊戲的話，我會感到很高興。」

或許是對自己的發言感到害臊吧，社長搔著鼻子並乾咳了幾聲。

黑貓和瀨菜沉思了一陣子……

「……我沒有異議。」

黑貓這麼表示。瀨菜則是用鼻子哼了一聲……

「五更同學應該沒問題吧。因為妳本來就想製作文字遊戲了。」

「我想盡快想辦法改善造成小組缺點的狀況。赤城瀨菜，妳只要能壓抑自身的性癖好，應該就沒有問題了。」

「如果辦得到就不會那麼辛苦嘍～……還有叫我瀨菜就可以了。用姓氏來稱呼朋友也太見外了吧。」

「……了……了解了……瀨……瀨……」

她以幾乎快聽不見的聲音呢喃著「瀨菜」。

黑貓她……尚未習慣交到朋友這樣的情境。

瀨菜輕笑了一聲，然後以輕鬆的態度表示：

「那麼，再次說聲請多多指教嘍，小璃。」

「什麼小璃……突……突然這麼叫不會太親密了嗎？」

「不喜歡的話我可以改。」

「也沒有啦。」

立刻就這麼回答了。我好不容易才壓抑下笑意。

黑貓用眼神指責這樣的我，像要把事情帶過去般回到原先的話題。

「咳咳……只……只不過……那個……雖然不願意承認……但是我不認為能夠馬上改善自己的劇本。」

光是能做出這樣的發言，我覺得她就有所成長了。

社長把光碟片發給我和一年級們。

「社長，這是？」

瀨菜一這麼問，社長便回答：

「我們製作的遊戲當中，獲得玩家最高評價的遊戲。下次開會前先玩玩看。」

「……咦～不是十八禁的遊戲吧？」

「終於知道妳是用什麼眼光在看我們的了——是適合所有年齡的美少女遊戲喔。劇本是真壁寫的。」

「真壁學長，你會寫劇本嗎？」

「嗯，是啊。只不過我的速度很慢，所以沒有製作新的遊戲。一個人要創作美少女遊戲的劇本真的很累人……我很羨慕五更學妹創作的速度喔。」

「因為我想製作ＳＴＧ，就讓他配合我了——不過我覺得真壁寫的劇本很有趣，社員們和玩家的評價也都不錯。接下來的遊戲，我想讓他跟五更兩個人一起創作劇本。」

唔嗯唔嗯。

「當然是由真壁主導。以這個傢伙提出的企畫書為基礎，開會後追加內容。然後劇本分別由真壁與五更來創作。有鑑於執筆速度——女主角的劇本交給真壁，其他的就交給五更，這樣應該可以吧。劇本完成後，由小組來校對並且決定修正方針，流程大概是這個樣子。」

「至於要做成什麼樣的遊戲，會聽完大家的意見之後才擬定草稿，所以請在下次開會之前想好內容。」

真壁如此表示。我聽完「之後的流程」後，就以佩服的口氣說道：

「哇……真的是『大家一起製作』耶。」

黑貓跟瀨菜製作「強欲的迷宮」時，我確實是在一旁從頭看到尾。

那個時候是直接把製作出來的東西當成完成品提交出去。

這次則是打從一開始就必須聽取大家的意見來製作，有成品之後果然還是要再次聽眾人的意見來進行各種修改對吧？

跟之前比起來，這次的工程更浩大了吧？

「……沒錯……集團製作……本來就是這樣了。」

「是啊。沒辦法像自己一個人時那樣隨心所欲創作了。要壓抑自身喜好，耐著性子好好配合別人才行。相對地，可以製作出獨自一人時無法製作出來的成品。五更，妳辦得到嗎？」

聽見社長的問題後……

「我試試看。」

黑貓如此回應。她的眼睛裡帶著下定決心的光芒。

這時候做出無謂的擔心就太不識相了吧。我能做的就只有一件事。

「我會幫妳加油。」

不論何時就只有這件事。

開完會的隔天放學後。

「…………竟然敢丟下我不管，膽子倒是很大嘛，學長。」

我莫名其妙地被黑貓找碴了。

回家途中，她跑著追了上來。

可能是運動不足的緣故吧，只見她露出上氣不接下氣的模樣。

「妳不要緊吧？」

「沒……沒問題喲……倒是，你這是什麼意思呢？」

「我不知道妳在說什麼。什麼丟下妳不管，我什麼時候跟妳約好了？」

「…………你沒看我傳的訊息嗎？」

「訊息？不，我沒看喔。」

「是嗎？嗯……那真是奇怪了。」

不知道為什麼，黑貓不相信我說的話。像要表示「別說謊了」般眼神變得嚴厲。

「現在的你不可能會錯失確認手機簡訊的時機。我有說錯嗎？」

「聽不懂妳在說什麼。」

我像是偵探小說裡的犯人一樣含糊其辭。

我知道妳這傢伙想說什麼。

正在國外留學的桐乃可能會跟我聯絡——妳想說的是這個吧？

哼，太可惜了！我不是妹控，也沒有等待桐乃的聯絡。我可沒有擔心那個傢伙喲！—～

點都沒有！

而且……

「我的手機壞掉了。」

「咦？」

「剛剛才發現，電源打不開。」

我掀開摺疊式手機，拿一片漆黑的畫面給黑貓看。

「哎，所以沒辦法看訊息。」

反正家裡也有電話，雖然多少有點不方便，但不會有什麼大問題。

甚至覺得壞掉後心情輕鬆多了。

反正那個笨蛋，不論我傳了多少訊息她都不會回覆的啦。

「抱歉。也就是說，妳跟我聯絡了？」

「呃……嗯……那個……因為想跟你碰面。」

「那能像這樣會合真是太好了。找我有什麼事嗎？」

「…………………」

她沒有立刻回答。只是低著頭，嘴裡不知道在呢喃些什麼。

「黑貓？」

「……沒有啦……已經沒事了。」

不知道為什麼，她露出一副沮喪的模樣。

「呵呵呵……竟然失敗那麼多次……哼……原來如此……………命運似乎以阻礙我為樂……

等等，難道說……這是——……『那回事』嗎？」

喔喔……黑貓進入自己的世界了，這下糟了。

升上高中後頻率稍微減少了……但不知為何就有種懷念的感覺。

「那好吧。既然如此，我將不斷地挑戰。」

她自行做出謎樣的結論後，帥氣地撩起頭髮說道：

「學長……前往『約定之地』的時候到了。」

「…………妳說到哪裡去？」

對著像誇口要打倒魔王的黑貓這麼問完……

「手機店喲。你要送修吧？」

結果卻得到這種現實的回答。

就這樣兩個人前往手機店，將手機送修後就一起走出店家。

黑貓就這樣自然而然地跟著我一起來，事到如今也很難開口詢問「妳為什麼跟來？」。嗯，她確實說了「約定之地」，在那裡就此告別也很不自然吧。

我自己做出這樣的結論。

然後剛才拿到了手機修理好之前的代用機——

「檔案全部消失了……抱歉，幫我重新登錄一下電話號碼跟信箱吧。」

「這樣啊，那借我一下。」

「嗯。」

「……來，登錄好嘍。」

冷冰冰的對話。極為普通的學長學妹的距離感。

沒錯……本來就應該是這樣。

「話說回來……我原本以為只是螢幕有問題，結果是完全壞掉了。你的手機應該沒有掉到地上吧？」

「當然了，我沒做出什麼弄壞手機的事情。唉，真的很倒楣……也看不到妳今天傳給我的訊息了。」

「事到如今，不用看也沒關係了……別為了這點小事就如此沮喪……噢……」

黑貓像是察覺到什麼一樣……

「手機壞掉的期間，桐乃可能會傳訊息過來呢。」

「不是那樣啦。」

「好啦好啦。就算是代用機，應該還是能接收累積在訊息中心的訊息才對。」

「我試過了，沒辦法。」

「也收不到我傳給你的訊息？」

「是啊。」

黑貓代替我試著進行各種操作，但果然無法接收訊息。

不要說桐乃可能傳過來的訊息了，連黑貓已經傳給我的訊息都收不到，也無法看見內容。

就像打從一開始就不存在那封訊息一樣。

或者可以說，就好像傳過來的訊息消失得無影無蹤一樣。

「這樣啊……？連同『沒做什麼手機卻壞掉了』這件事，實在是太不可思議了。」

黑貓像感到很有趣般露出淺笑。

中二病發作後的耍帥。如果是桐乃就會這樣嘲笑她吧。

但是以黑貓那過於姣好的容貌這麼做的話，偶爾會——

像是「真貨」一樣，讓人背脊發涼。

「噯，學長。雖然這樣說對於蒙受損失的你有點失禮……」

「呵……但是看來我們的命運受到具備『力量』的某個人操縱了。沒錯，『某種離奇的事情』就要開始了——……………」

俗話說「謊言成真」，但這應該算是「中二病成真」吧。

當然，這個時候的我根本無法預想事情真的會如此發展。

遊研的社團活動日。

再次聚集在社辦的我們，首先依序發表玩過前幾天交給我們的「由真壁創作劇本的文字遊戲」後有什麼感想。

我也試著玩了一下——

「我覺得很有趣。」

「雖然我對男孩子玩的文字遊戲沒有興趣，但是能夠理解為什麼獲得如此高的評價。」

「雖說不是我的菜，但喜歡的人就會很喜歡吧。」

看來我跟黑貓她們的意見大致上一樣。

「真的嗎？那真是太好了。」

真壁學弟看起來很開心。

我們也可以理解社長要我們玩這款遊戲的理由。

由真壁來主導劇本創作，是希望黑貓能學習他的方法吧。

所謂學長的示範。

「但是……說高評價就有點言過其實了。只不過是我們製作的遊戲裡比較好的一款。」

雖然他如此謙虛地表示……

不過我很清楚喲。這個親切的學弟，其實頗有才能。

只不過，以我這個被迫玩過許多情色遊戲的重度玩家來看，還是有些在意的部分。像是遊戲裡登場的女性角色們的「屬性」。

因為這款遊戲呢，女性角色全都具備同樣的屬性。

我為了確認這個事實而對著作者這麼問道。

「對了，真壁學弟……」

「什麼事？」

「你喜歡巨乳的『姊姊』嗎？」

「嗯，這個嘛……」

他沒有否定。表情裡沒有害臊，似乎有什麼話想說。

其實這是御宅族特有的回答方式，翻譯出來後就是……

「超喜歡的」、「允許的話我想好好地談一談」這樣的意思。

我以熟練的手法來回應阿宅學弟的期待。

「順便問一下，『巨乳』和『姊姊』你比較喜歡哪一個？」

「兩個都喜歡。」

「都喜歡啊……」

我就覺得是這樣。

這傢伙擁有的，全都是爆乳女忍者或者學園美少女遊戲的色情人物模型。

在發現瀨菜是腐女這件事之前，這傢伙就表現出對她有意思的模樣了。

我就不說是哪個部位了，根本一直偷瞄人家。

這時社長一臉認真地表示：

「真壁的姊姊胸部很大喔。」

「社長！請不要做出容易招致誤會的發言！我的親姊姊跟作品內容無關！」

「怎麼看都跟你的性癖好有關吧。」

「才……才不是哩！各位，請不要相信他的話！」

急著否定的模樣反而更加可疑了。

回過神來才發現，女孩子們都對著我們翻白眼。

「那個……請別在女生面前說些下流的對話。」

「學長，妹控和姊控看來很合得來呢。」

真沒禮貌。我可不是妹控。

倒是瀨菜，這個社團，不對……這間學校裡最下流的絕對是妳啦。

即使以視線指責她，她也毫不在意，直接轉移到下一個話題。

「對了，這款遊戲的插畫是由誰畫的呢？」

「三年級的女社員。目前不在這裡。」

「有這樣的人嗎——那個，她的能力足以媲美職業的插畫家，這次也可以請她幫我們的作品繪製插畫嗎？」

「但那個傢伙已經退社了。」

「咦～……理由是什麼？」

「我看是因為真壁一直要人家畫巨乳的微情色插畫吧？」

「請別怪到我頭上好嗎！」

「因為你給那個傢伙看對●忍的人物模型，然後說『類似這種感覺，拜託了！』不是嗎？」

「太低級了吧，真壁學長。」

「啊啊啊啊啊，我『爽朗學長』的印象逐漸崩壞了！真……真的不是啦！幫忙繪製遊戲插畫的學姊，好像一直畫漫畫在Comiket裡發表，她說因為有負責她的責任編輯了所以想退社！和我想要她以模型作為參考資料而將其出借這件事無關！」

出借這件事是事實啊。

「…………真壁學長好噁心。」

「嗚咕……」

真壁學弟因為苦悶而發出呻吟聲。

看來瀨菜對他的好感度不斷地降低，真是太可憐了。

社長像是要對至今為止的對話做出結論一般……

「嗯……我想大家應該理解這是真壁完全展現性癖好而製作出來的一款遊戲了吧。」

「所以才是灌注了『靈魂』的作品嗎？甚至連不是這款遊戲對象玩家的我都感受得到。」

黑貓的發言讓社長點頭表示：

「因為喜歡，才會精益求精。但是，這次真壁也要稍微忍耐一下了。姊系女角最多只能一個——」

「啥？」

這個瞬間，原本溫馴且認真的學弟，突然發出相當恐怖的聲音。

對著桐乃嘲笑妹妹的話，應該會得到同樣的反應吧。

連我都嚇一跳了。

「……冷靜下來，真壁。聽話聽話……」

「我沒有生氣喔。但是為什麼要說這種話呢，應該有令我心服口服的理由吧？」

根本就在生氣嘛。

社長毫不畏懼地說道：

「這是希望能為一年級社員製作對今後有所幫助的遊戲。假設一切順利，這次製作了一款『完美的姊系遊戲』好了。由超愛巨乳姊姊的真壁負責主導。然後等你畢業之後，留給學弟妹的是『製作完美姊系遊戲的實績』，這樣真的沒關係嗎？」

「……我了解了……真是驚人……社長竟然認真考慮過了。」

「你這傢伙到底以為我是什麼人啊？」

「即使我勸說過好幾次還是只製作糞Game的垃圾製作人啊。」

「吐嘈的力道拿捏一下好嗎！」

社長的精神受到足以讓他整個人往後傾倒的傷害。

他發出「嘎——」一聲……

「我呢，不是由自己主導製作時就能夠客觀地思考啦！只是一旦製作喜歡的東西，就會不知不覺間失去理智啊！」

瀨菜用力點頭並且表示：「我懂！」

對於擁有製作經驗的人來說，這或許是老哏了。

但就算是這樣好了，瀨菜的失控也太誇張啦！

「咳咳！總之呢——」

社長一邊在白板上寫字一邊說道：

「女性角色是姊姊、妹妹、同學和其他共四個人。這一點不能改變。」

真壁點頭回答「好的」。

「然後五更，這是企畫負責人的要求。」

「是的。」

「接下來要製作的是沒有戰鬥要素的美少女遊戲。請妳創作能讓玩遊戲的人產生『這女角好可愛』『萌死人啦』感想的劇本。故事內可以有人死亡，但沒有還是比較好。避免殘酷的表現與發展，注意最後一定要是『幸福的結局』。說明文不要太多，以對話為主，然後配合真壁。」

「…………」

這對黑貓來說，應該不是想做，也不是喜歡的事情吧。

但為了大家共同製作一款遊戲，這也是必須的事情。

她伏下視線，思考了一陣子後才抬起頭來回答：

「因為我沒做過，這次我會成功給大家看。」

「很好，拜託妳了。」

如果是以前的黑貓，絕對不會說出這種話。

社長以雙手拍打長桌，炒熱現場的氣氛。

「那麼，你們幾個——已經想好要創作什麼樣的內容了吧！今天就把事情決定下來吧！」

「馬上就是夏天了，我想製作以夏天作為舞台的內容！」

「……嗯，經典嘛。」

「不錯喔，可以很自然地加入泳裝劇情。」

「如果是學園劇，可以把學校設定在海邊之類的？」

「乾脆用離島當舞台如何？比如說全住宿制的學校之類的。」

「我反對。設定主角的姊妹時，就必須跟他念同一所學校了。」

「這樣有什麼問題？」

「年齡最多只能設定到『差三歲』。很難出現小學生的妹妹或者大學生的姊姊。」

「嗚哇……真壁學長，看來你腦袋裡面已經想好角色設定了吧～」

「呵……**流傳於島上的傳說**……居民們拚命隱匿的**悲慘事件**……颱風造成的**孤島模式**……**被破壞到難以想像的非自然死亡屍體**……哼哼哼……越來越有趣了。」

「黑貓、黑貓，這種路線是ＮＧ的吧？妳有好好聽社長的話嗎？」

「……有……有一點不可思議的要素應該沒關係吧？」

「『被破壞到難以想像的非自然死亡屍體』只是一點點不可思議嗎？」

大家都熱絡地提出自己的意見。

然後社長將其逐條列在白板上，真壁再把它記錄到ＰＣ裡面。

我雖然是外行，但也加入討論的行列——

哈哈……我到了三年級的現在才在享受社團活動。

最後當大家提完意見，要製作的遊戲大致上的輪廓也逐漸成形時。

「我現在有個提案！」

社長以巨大的聲音來吸引大家的注意。

「放暑假之後，就到瀨戶內海的離島去勘景吧！」

「「「勘景？」」」

除了社長以外的所有人都這麼說道。接著由瀨菜代表眾人提問。

「意思是要去取材旅行嗎？」

「嗯，遊研的取材宿營。期間是一週。我奶奶出於喜好而開了一間民宿，可以免費住宿還供三餐。交通費則由社費來補助，不過無法付全額，一部分必須自費——怎麼樣啊？」

……………

現場籠罩在一片寂靜之中。

突然的提案讓眾人陷入沉思。

等等，但是這實在——

「太可疑了！」

瀨菜直接把我內心想說的話叫了出來。

「條件好到反而令人懷疑！一個星期都免住宿費什麼的……天底下怎麼可能有這麼好康的事情！現在回想起來，開會的時候也一直想把『離島』當成舞台！那是因為有這個提案才會做出那種發言吧！」

說完就以媲美女檢察官的魄力用手指指著對方。

「社長——你到底有什麼企圖！」

「……喂喂……什麼企圖不企圖，太難聽了吧。我們是超級宅的社團，根本沒機會像運動社團那樣歌頌青春吧？所以覺得最後一個暑假，偶爾來一下現充感的活動也不錯……就是這麼簡單！」

「社長……真的可以相信你嗎？」

真壁快要被說服了。

這個學弟雖然經常做出冷酷的吐嘈，但也有容易被影響的缺點。

一定經常像這樣被捲進糞Game的製作當中吧。

「嗚哇，真壁學長太好騙了。五更同學妳說說，這很可疑吧？」

「…………說起來呢，原本就不可能外宿一個星期了。」

「啊……那我也不行，只有自己一個女孩子的話實在有點恐怖。」

女孩子們小聲地這麼討論著。

看來這個宿營計畫，不是泡沫化就是只有男孩子會參加了。

我才剛剛這麼想，社長就把手臂繞過我的脖子，然後用力拉了過去。

「社長，你幹嘛啦！瀨菜正以血紅的眼睛看著這邊，可以不要這樣嗎？」

「高坂，你幫忙說服五更來參加宿營吧。這樣下去的話就沒有女孩子會參加了。」

他在我耳邊說了這些悄悄話。

「咦咦……等等，不必硬是強迫人參加吧。只有男生自己去——」
「……高坂——你也想跟難得交到的女朋友一起去海邊外宿吧？」
「女朋友？你在說什麼啊？」
「你不是在跟五更交往嗎？」
「啥？我們沒有交往啊——」
真的搞不懂他在說什麼。
遊研的眾人都認為「我跟黑貓在交往」嗎？
如果有這個誤會作為前提，那就能理解社長的言行舉止了……
我一這麼否定，社長就露出相當驚訝的模樣……
「真的假的，雖然我對這方面的事情也很遲鈍，但所有社員都表示『絕對是這樣』喔。」
「…………」
哎呀，嗯，的確……
我陪著她入社。
然後在我房間製作遊戲。在甄選時幫她說話。
現在也像這樣來參加社團的集會——
回想起來，我所有的行動都像是黑貓的男朋友！

嗚哇哇！突然覺得好害臊！

臉……臉好燙！

「小璃妳看！高坂學長跟社長糾纏在一起還臉紅了！」

「那邊的！不要用淫邪的眼神看我！」

面對朝著腐女怒吼的我，社長毫不在意地繼續說著悄悄話。

「我知道你們沒有交往了，但你不想跟她在一起嗎？」

「……什……」

還要繼續談戀愛八卦嗎！

「如果你也有那種意思——我覺得這次的宿營可是個好機會喔。雖然是鄉下，但也正因如此海才美麗——也有許多僅限於夏天才能成為約會勝地的場所喔。」

我也會盡可能提供助力喲——

這一天的社團活動，我一直處於心不在焉的狀態。

即使回到家裡，我也在自己房間的床上抱頭煩惱著。

——竟然問我……想不想跟黑貓交往——？

啊啊啊啊啊！那種事我哪知道啊！

當然，最近那個傢伙……

——「哥哥」，我們一起玩遊戲吧？

——笨蛋。我那妹妹才不可能說這種話呢。

也曾露出簡直像是對我有意思的模樣……

——請多多指教，「學長」。

我覺得變成學長學妹的關係後，我跟她的距離感就有了急遽的變化。

從妹妹的朋友——變成了「感情很好的學妹」。

但是那個傢伙……

——妳還是不要輕易做出讓男生會錯意的事比較好喔。

——還是……難道說妳喜歡我嗎？

——喜歡啊。

——啥！

——喜歡啊……就跟你妹妹喜歡你的程度差不多吧。

我認為那是「不把你當成對象」的意思。

但是根據遊研的社員們客觀的意見，我和黑貓就跟交往沒有兩樣了。

「啊～～～可惡！搞不懂啦！」

完全無法理解黑貓的心意。

那傢伙是喜歡我嗎？或者並非如此？

老實說，我甚至連自己的心意都不是很清楚了。

我又是怎麼看待黑貓的呢？

可愛的學妹？妹妹重要的朋友？

還是……………在意的女孩子？

「當然是……會在意啊。雖然年紀比自己小，不過是個美女……感覺最近興趣也很合。然後……」

在一起時很開心。希望能一直在她身邊。希望現在這樣的時間能一直持續下去。

但這就是「喜歡」嗎？

是戀愛的感情嗎？

我——想和黑貓交往嗎？

經驗很少的我，甚至連自己的事情都不是很清楚。一想到黑貓，臉龐就會變燙，整個人腦充血，腦袋變得一團混亂。

就像剛泡完澡那樣。或者是像感冒了那樣。

——簡直就像是生病。

「唉……」

當我嘆了一口又長又火熱的氣時。

「京介！」

老媽突然大叫我的名字。

…………搞什麼？現在沒有空理妳啦……

我搔著頭，即使萬般不願意也還是站了起來。開門來到走廊上之後，再次傳來「京介！」的聲音。看來老媽是一直待在樓下呼喊著我的名字。

「京介！你的手機在響！是『五更瑠璃小姐』打來的！」

「我馬上過去！」

天啊！我急忙衝下樓梯，從老媽那裡接過手機。

「妳好，我是高坂！」

我一邊朝手機搭話，一邊快速回到自己的房間。

老媽似乎弄錯了什麼而咧嘴笑著，但是根本沒空做出訂正。

衝回自己房間後就關上門。這時便傳來女性的聲音。

「那個……學長……你現在有空嗎？」

「嗯……嗯嗯！有喔有喔！我有空！」

「這……這樣啊。」

我在說什麼啊。害黑貓嚇到了啦。

我不由得著急了起來。我是笨蛋嗎……只是打電話過來而已吧？

「那個……」

手機另一頭的黑貓也不知道為什麼緊張了起來，聲音聽起來很僵硬。

「社團活動時講的……關於宿營的事情……」

「嗯……嗯。」

「學長你……會參加嗎？」

「我打算要去喲。」

不管黑貓參不參加，我都會去宿營。如此傳達完後，她像是感到不可思議般問道：

「為什麼？你是考生吧？」

「謝謝妳替我擔心。不過關於學測，我還算有點自信。」

「……這樣啊。」

「嗯。至於參加的理由嘛……因為是下一款遊戲的取材。不是還說可以成為舞台的範本嗎？」

「但……但那跟你──」

「有關係喔。我也是製作成員。其他事情無法派上用場，這個時候就得活躍一下才行。」

「…………」

透過手機可以聽見驚訝般的嘆息。

「既然妳們不能去，那我會確實用這雙眼睛觀察並且拍照片回來。像是這是什麼樣的地方，或者有這種外景之類的。有沒有適合出現在劇本裡的地點──我打算調查並且報告這些事情。」

「……謝……謝謝。幫了我很大的忙。」

「不用道謝啦。我也做得很開心。能夠幫上忙就好。」

我不是刻意要帥才這麼說。

雖然聽起來有點像色情遊戲的女角會說的話，但是——

我可不是為了妳才這麼做的喔。

「……這樣啊……學長……要去宿營嗎？」

「是啊。妳——應該很困難吧。嗯，還要顧慮很多事情。」

雖然在意，但也不能大剌剌地直接詢問。

「…………」

一陣子的沉默。我刻意不說話，等待著她開口。

因為感覺她似乎有話想說。

「……學長……那個……雖然問這個……根本沒有意義……」

「要問什麼？妳說說看。」

「如果……我說要去參加宿營……」

「我會很高興。」

我立刻就接著這麼回答。結果黑貓便以驚訝的聲音表示：

「……是這樣嗎？」

「我至今為止都沒有這樣的機會。所以很期待這次的宿營。如果交情不錯的妳也參加的話，應該會更有意思吧——哎呀，不好意思。妳都說有事沒辦法參加了——」

「路上小心！」

「嗚喔！」

我立刻把手機從耳邊移開。

因為「並非黑貓的女生」發出巨大聲音的緣故。

「喂……喂，日向……妳是什麼時候……把……把電話還給我……」

「不行不行不行不行！爸爸快抓住瑠璃姊！啊，是高坂京介先生吧！我姊姊平常受你照顧——了！」

光靠這麼短的對話——就能很清楚地理解她是什麼樣個性的女孩了。

明明手機都離開耳朵旁邊了，尖銳的聲音還是不斷傳過來。

「呃……嗯……我是高坂京介沒錯……妳是……」

「我是五更日向！是五更瑠璃的妹妹！耶——！」

「啊，原來如此。」

我是聽說過她有妹妹……

不過姊妹的個性也差太多了吧。

「我聽說整件事情了！關於瑠璃姊……瑠璃姊姊她嘛！我會讓她參加宿營的！我們家每個人都會幫忙！姊姊就拜託高坂先生了！可以請你幫忙嗎！」

「哦……哦哦？」

這個女孩子也太強勢了吧。

「抱歉，可以稍微說明一下嗎？」

「了解！那個～～！姊姊總是幫忙家裡做很多事情！很照顧我們還有爸爸……她超級愛擔心的！然後因為擔心家裡而無法離家一個星期、浪費交通費——等等愚蠢的理由而表示不去參加宿營，我猜是這樣啦！我覺得她真是太扯了！所以才說路上小心來送她出門，然後拜託平常就很照顧她的高坂先生——事情大概就是這樣！抱歉我很不會說話——你聽懂了嗎？」

一口氣說了一大堆耶。

不過……

「完全懂了！交給我吧！」

「交給你了！」

五更日向好像是這樣的女孩。

真是個豪爽的妹妹。

我發出「哈哈」的笑聲。

這時手機似乎被搶走，可以聽見「啊！」的聲音。

「……學長。是我。」

「嗯，妳妹妹很可愛嘛。」

「……笨蛋……那個……關於剛才那件事——」

「我不是很了解妳的情況——不過是很棒的家人喔。」

「……是啊。」

聲音聽起來很開心。

「不介意的話，一起去參加宿營吧。」

「…………」

這段沉默代表著她的糾結。

也是擔心家人的表現。

手機的另一端，一道溫柔的男性聲音說著「妳就去吧」。

於是她便給了我這樣的答案。

「請多多指教了，學長。」

第二章

七月也過了一半，期盼已久的暑假終於來了。

外面是萬里無雲的晴天。可以說是最適合旅行的天氣。

「哇——好熱啊！」

從自家門前抬頭看著天空，然後單手遮住陽光來保護眼睛。

重新揹好背包，準備出發參加宿營——

結果這時候家門打開，老媽出現了。

哎呀，我忘了什麼東西嗎？

以「怎麼了嗎？」的視線詢問之後……

「京介，剛剛桐乃打電話來——她留話給你了。」

「啥？叫我去聽不就得了。」

「感覺好像在生你的氣——我就直接傳達她的話嘍。」

「我靠自己的力量贏了啦！笨————蛋！」

「她是這麼說的。」

「啥～？什麼跟什麼啊……」

情報量完全不足。

光靠這樣的留言，根本不知道是「贏了誰」和「為何獲勝」啊。

也不清楚告訴我這件事的理由。

「桐乃那個傢伙，還是一樣不講道理就生氣耶。」

「不是你做了什麼好事嗎～？」

「我才沒有哩。」

那個臭傢伙。完全不跟我聯絡，還在想她不知道怎麼樣了，結果給哥哥久違的留言卻是這種內容。

真是的！敗壞了我爽朗出遊的興致！

我——不知為什麼沒有出現不耐煩的心情。

「老媽。下次那個傢伙再打電話來，妳就幫我傳話。」

「好好好——要說什麼？」

我咧嘴笑了起來，然後對老媽說出：

「很厲害嘛！笨————蛋！」

對家人揮揮手後，我就出發去旅行了。

心情就像長了翅膀般輕鬆愉快。

真的有種可以直接飛到國外的感覺。

妹妹的模樣突然浮現在腦海裡。

桐乃以生氣的臉吐著舌頭發出「嗯呸～～！」的聲音。

遊研的社員已經聚集在千葉車站。社長看到我之後就對我揮手。高挑的人這時候可以成為標的，真的很感謝他們。

「早安。」

「喔！」「早安啊，高坂學長。」

社長旁邊的真壁輕輕對我低下頭。

跟他本人說的話他可能會發怒，但他揹著大背包的模樣就像要去遠足一般，令人忍不住露出微笑。

另一方面，社長則是輕裝打扮。散發出某種早就習慣旅行的氣息。

然後——

「嗨，高坂。」

關於這個男人，得先跟大家說明一下才行。

「結果你也來了嗎，赤城？」

我露出苦笑並且回打了招呼。

赤城浩平。我的同班同學兼好友，同時也是瀨菜的哥哥。

原本是足球社的他已經引退，算是一名體格強壯的運動員。當然他並非遊研的社員。

至於這樣的他，為什麼會來到宿營的集合地點嘛。

「怎麼能讓瀨菜獨自去參加有男生的宿營呢。一定要去的話，當然我也得跟去嘍。」

事情就是這樣。這個臭妹控，從知道將舉辦宿營的六月開始，就一直說著同樣的話，認為

既然是這樣的社長也特別答應讓他參加。

「赤城，你這個傢伙……我覺得你還是學學我，稍微跟妹妹保持一點距離比較好喲。」

「虧你有臉說這種話。對了，高坂的妹妹現在是去國外留學吧？如果我是你，我大概會擔心到死吧，我說真的。」

「我想也是——瀨菜似乎表示哥哥跟來很丟臉，然後發了脾氣的樣子。」

「那是在隱藏害羞的心情。我一起來她應該其實很開心才對。」

這傢伙真是樂天。

嗯，不過對我來說，這個跟我很合得來的傢伙也在的話，確實是很開心啦。

因為在社員之中，阿宅知識最少的就是我。當我跟不上話題時，跟我同樣對遊戲不甚熟悉的赤城也在的話，心理上多少會輕鬆一點。

而且他應該能夠抑制瀨菜的失控。

——即使心裡這麼想，我的意識還是從朋友身邊離開，轉移到周圍的環境上。

…………還沒來……嗎？

「怎麼了高坂，為什麼東張西望？」

「沒有啦……沒什麼……」

「噢。」

赤城咧嘴笑著，擺出一副「我知道了」的態度。

「那個女孩的話，剛才跟我妹一起——你看，她們來嘍。」

「咦？」

往赤城用拇指所指的方向看去，發現該處有往這邊走來的瀨菜——

以及黑貓的身影。

「……………………………………」

我不禁喪失了話語。

不是做熟悉的哥德蘿莉打扮。也不是最近經常看見的制服模樣。

因為她穿著很適合夏天的白色洋裝。

依然給人柔弱的印象，但平常讓人尷尬的氣息全都轉換成清純的感覺。

和她的代表色完全相反的純白。

「是……黑貓嗎？」

「……看起來像別人嗎？」

「沒有啦，妳……這種打扮——」

「……怎……怎麼樣？」

氣氛跟平常完全不同的黑貓微微錯開視線並這麼問道。

我仔細地盯著她看……

「我覺得很棒。」

「這……這樣啊……」

我一這麼誇獎，她就羞紅了臉並且低下頭去。

連這個動作都讓人感到頭暈目眩。

「小璃！成功嘍！」

有一道很開心般的聲音插話進來。是瀨菜。

她驕傲地挺起豐滿的胸部。

「實不相瞞，那是我選的喲！」

「是妳的品味嗎？」

黑貓不會主動買那種衣服才對。

幹得好。我給予肯定。

「我跟她一起去買宿營穿的衣服喲！來，也看看我的服裝吧！這件很可愛吧。」

「嗯，還不錯。」

身穿便服的她，跟在學校見到時的印象也不一樣，給人一種新鮮感。我認為走在路上的話，確實具備令人想搭訕的魅力。

但是跟剛剛才看過黑貓一比，就略顯遜色了。

「啊～稱讚得有夠隨便。哼，沒關係啦。反正高坂學長眼裡就只有小璃一個人而已嘛～？」

「喂……喂喂……」

黑貓很害羞般拉著瀨菜的手臂。

但瀨菜還是沒有閉嘴。

「我幫妳選的戰鬥服，發揮超出預期的效果——唔咕咕……」

「給……給我安靜啦……真是的。」

被黑貓塞住嘴巴的瀨菜，發出「唔咕」的呻吟聲。

「真是夠了……很愛亂說話耶。」

不過這兩個傢伙——

才短短幾個月就變得這麼要好了啊。

從千葉車站搭乘總武線前往東京車站——

然後從該處轉乘新幹線。東京車站的地下寬敞又複雜，而且有許多往來的行人。

看來只要稍有不注意就會迷路。

我提醒自己不要把視線從黑貓身上移開，同時朝新幹線乘車處移動。

一來到月台，社長就開口表示：

「好了，現在把車票發給你們，按照票券上面的座位入座吧。」

阿宅們依序湧入車內。

座位應該是社長排的吧。可以看到赤城兄妹坐在一起的貼心安排。

至於我的話——

「啊……學長跟我……坐在一起……」

「嗯……嗯。好像是這樣。」

……真是的。這應該也是社長的貼心舉動吧……

不知道該說是難為情還是尷尬。

如果就這樣出發的話我可能會直接死亡。

因為之後的幾個小時，到底該說些什麼才好。不對，平常的話隨便就可以自然地持續對話

——但是像這樣刻意地安排！

就會開始緊張起來啊！總是會忍不住意識到這一點！

嗚……怎……怎麼辦……怎麼辦才好……！

我在幾秒鐘內感到強烈的懊惱——

「好吧，把座位轉過來四個人一起坐吧！」

呼……這樣赤城兄妹就一起坐了。

可以稍微放心嘍。

看見我做出這種行動的瀨菜，瞇著眼睛說了一句：

「高坂學長太沒用了。」

少囉嗦啦。

就這樣，我和黑貓，赤城與瀨菜等四個人坐在一起。

目光往周圍看去，發現其他社員也跟我們一樣旋轉座位成為團體座。

有些人立刻拿出圖版遊戲，有些人則是開始玩起卡片遊戲，可以說各有千秋。

從看不見ＵＮＯ與撲克牌這種常見的遊戲這一點來看，就能知道他們確實有一套。

要說共通點嘛，應該就是所有人都展現出盡全力玩耍的態勢吧。

也就是──看起來真的很開心。

我很喜歡遊研的這個部分。

「啊～討厭……車裡瞬間就變得跟卡片商店一樣了……所以說阿宅的旅行真的是──」

瀨菜雖然像這樣以厭惡的口氣說著，但是內心應該不這麼認為才對。

「我也想玩」「好羨慕啊」──妳閃閃發光的眼睛已經出賣妳嘍。

「高坂啊，幫我介紹一下吧。」

赤城邊把妹妹的行李箱放到行李架上邊這麼說道。

哎呀，話說回來，這傢伙跟黑貓還是初次見面啊？

啊……糟糕了。

被逼入絕境而把座位變成四人座，這可能是失敗的決定。

這是因為……

「…………」

看吧，果然如此。

黑貓這個傢伙很怕生。

眼前有個初次見面的男人，當然會低下頭去保持沉默。

嗯，這下該怎麼辦呢……

「黑貓，這傢伙叫赤城浩平，他是瀨菜的哥哥，同時也是我的朋友。雖然外表看起來粗獷，不過是個好人，妳可以放心喔。然後——赤城，這女孩叫五更瑠璃，是瀨菜的同班同學兼朋友。你別靠人家太近啊。」

等所有人就座後，就先介紹他們給彼此認識。

再按照黑貓的應對來進一步提供協助。

「請多指教，五更小姐。」

赤城親切地打招呼。

結果黑貓雖然動作有些僵硬還是點了一下頭……

「我是五更瑠璃。請……請多多指……教。」

喔喔……確實地完成自我介紹了。原本還擔心她會不會慌張到無法回話，看來我必須反省自己這種對黑貓失禮的想法了。

從剛才的對話裡，赤城似乎已經察覺黑貓不習慣跟男生交談了。

於是他不直接詢問本人，而是把問題丟給我。

「高坂，雖然不知道可不可以問，不過『黑貓』是？」

啊，對喔。不好好說明的話是不會懂的。

「嗯……所謂的黑貓呢，是五更的網路暱稱……這樣說你懂嗎？我們是在網路的社團認識的。所以現在在學校之外的地方也都是這麼稱呼。」

「哦……你說在『網路的社團』認識年輕女孩子。」

「喂，你別搞錯了……不是你想的那樣啦。」

對赤城翻了白眼後，他便笑著說：

「嗯，那確實不像高坂會做的事。啊，那麼是？」

「因為妹妹的關係。」

「噢……你妹妹是叫做桐乃吧？」

聽他這麼叫不知道為什麼就覺得火大。但是我沒有表露在臉上，直接回答：

「嗯。所以我們之前就認識了，到了今年她還來同一所學校就讀。我也嚇了一跳呢。」

「這樣啊。」

話題到這裡就暫時告一段落。

雖然還有很多事情想問，但是卻拚命忍耐下來，這就是赤城浩平這個男人充滿人情味的本性吧。

我瞄了黑貓一眼……

「赤城學長。」

「嗯，什麼事？」

「我經常從瀨菜那裡聽說你的事——她說過『是值得我感到驕傲的哥哥』。」

「真的嗎？瀨菜說了這種話。」

赤城聽到妹妹的話題就緊追不捨。

而瀨菜本人則是相當慌張地大聲表示：

「喂！小璃？」

「哼哼哼……這次的宿營，瀨菜也因為『哥哥要一起來』而很開心呢。」

「我才沒有開心哩！我覺得他妹控的程度嚴重到噁心了！小璃，我應該這麼說了吧！才沒說過『很開心』這種話呢！」

「是啊——平常也就算了，關於這次的宿營，妳真的經常說哥哥的壞話。」

「看吧！看吧！」

「但是明顯感到很開心啊。」

「一點都不開心咩！」

因為過於羞恥，瀨菜的口氣產生了變化。

不對，這才是她本來的口氣嗎？

另一方面，赤城似乎因為妹妹在自己不知道的地方，向朋友訴說「哥哥」的事情而感到欣喜萬分。

「這樣啊～～～瀨菜這麼說我嗎～～～～」

整個人露出痴迷的模樣了。

同樣身為哥哥，實在不想變成那樣。

被妹妹稱讚也沒有什麼好羨慕的啦。

……我是說真的喔。

哎呀，不過話又說回來了——雖然很想把話題從妹妹身上移開——

靠著這個黑貓提出的話題，四人座的氣氛不知不覺間變成開心又吵雜的狀態。

就跟其他在玩遊戲的傢伙們一樣。

這是她為了坐在一起的同伴刻意做的舉動。

「……………哈哈。」

我忍不住笑了出來。

一股驕傲與無以名狀的心情從內心湧出並且翻騰著。

最後不斷尖叫的瀨菜也恢復冷靜了。

她以半開玩笑的鬧彆扭態度說：

「哼，我知道了～小璃竟然對身為閨密的我做出這種事啊～！妳有張良記，我也有過牆梯啦——」

「……呵……妳又能怎麼樣呢？」

「我要公開小璃害羞的趣事！」

「什……」

遭受意料之外的反擊，黑貓不由得大吃一驚。

這下子好玩啦！

我帶著興奮的心情注視事態的發展。

「高坂學長啊，現在的小璃是穿著我選的超可愛服裝對吧——」

「嗯，是啊。」

「這個女孩子，其實今天是穿另一套服裝來的喲！她說穿我幫忙選的洋裝太害羞了～」

「什麼嘛……這種小事……」

黑貓鬆了一口氣。看來「瀨菜想爆料的趣事」對於黑貓來說並非什麼羞恥的事情。

「那是當然了……雖然就結果來看……呃……是很不錯——但是穿這套服裝……不符合我的風格……也覺得很不好意思喔。」

「所以妳就穿了其他的衣服。」

「嗯，在這件洋裝上加了一件衣服。只是這樣而已。」

什麼嘛，光是聽她所說，似乎真的不是什麼大不了的內容……

這時瀨菜以傻眼的表情垂下肩膀。

「嗚哇這個女孩到現在還沒有自覺……那就讓高坂學長看看——妳今天早上出現在集合地點時穿的服裝怎麼樣啊？」

那件服裝？

面對露出狐疑表情的我，黑貓颯爽地丟出這麼一句：

「好啊——看仔細了學長，這就是我親手創造出來的魔道具。」

沙一聲。

某種「黑色物體」在我眼前飄揚，一瞬間擋住了我的視線。接下來當我看見黑貓時，她就像已經變身完畢的魔法少女般，模樣完全改變了。

變成非常可疑的模樣。

「……喂，那是什麼？」
我直率地問道。結果她便以得意的聲音表示：
「『屍靈術師的黑衣』喲。呵……怎麼樣啊，很帥吧。」
「……呃……嗯。」
雖然很難做出反應……但是又必須說明現在的狀況。
黑貓罩在身上的，完全是像遊戲之類的邪惡魔法師所穿的黑色連帽斗篷。把兜帽放下來後就幾乎看不見容貌。
這實在太可疑了。
如果是在算命館之類的地方也就算了，待在新幹線裡頭的話，完全就是可疑人士。
「看吧，看吧！讓她脫掉這身熱死人Cosplay服裝的我是不是幹了一件很偉大的事？」
一點都沒錯。瀨菜真的幹得太好了。
我仔細思考後，以不說謊的方式表示：
「那個……這種打扮是很適合妳……但我覺得還是剛才那樣比較好喔。」
「這……這樣啊……」
黑貓拉扯兜帽，把臉藏到更深處。

就這樣，旅途一路順暢——

我們現在正在前往離島的渡輪甲板上。

海風從正前方吹來。雖然打在臉上有點痛，但是在刺痛皮膚的日照底下，反而讓人覺得又涼又舒服。

「早知道就帶太陽眼鏡來了。」

我自然地看向旁邊的黑貓。

雖然覺得應該沒問題……但是嬌小而且體重很輕的她，就是會讓人擔心是不是一個不注意就被風吹走了。

這樣的她，現在正費心地用一隻手按住裙子。

唉……差點就走光了。

幸好沒有人注意這邊。我若無其事地移到能擋住風的位置後，黑貓才鬆了一口氣。

「……得救了。」

「嗯。要不要回到下面？」

「不了，難得有這個機會，就好好『體驗』一下這個『風的啼聲』吧。」

「這樣啊。因為是取材宿營對吧。」

如果把離島當成遊戲的舞台，甲板上的體驗應該有幫助才對。

可以活用在有點色情的場景上——心裡雖然這麼想但是沒有說出口。

「哦，可以看見島了！」

赤城興奮地大叫並指著前方。

在能聽見聲音的範圍內，所有人都看見跟他同樣的景象，同時發出「喔喔」的歡呼聲。

那是我們的目的地，「犬槙島」。

明明已經到傍晚的時間，太陽卻還高掛在天空。

渡輪繼續前進，最後島的輪廓開始變得清晰。

島的全貌幾乎都是森林。沿著海岸可以看到一片聚落。

這是一座只要有時間的話，徒步就能環繞一圈的小島。

但是在積雨雲作為背景下，看起來相當神祕。

走下渡輪後，並排著漁船的港口歡迎著我們。

該處完全感覺不到所謂的觀光地氣息。取而代之的是濃厚的大自然香氣、熊蟬的大合唱以及莫名繁多的野貓所發出的視線。

「喔，有種歸鄉的感覺啊～」

社長很懷念般環視著島嶼。這座離島似乎是他的故鄉。

「哦……具備適切的非現實感，或許很適合作為遊戲舞台的地點呢。」

「對吧真壁？到山裡面去的話有神社也有河川，晚上的沙灘也很不錯。可以說有一大堆適合作為美少女遊戲的優良外景。全都是待在東京看不到的地點喲。」

當真壁跟社長說話時，旁邊的瀨菜就抬頭看著山說：

「嗚哇……抵達島嶼後是更多的自然環境嗎？連一間便利商店都看不到！真是不敢相信！對住在都市的宅女來說是很難熬的外景地耶！」

「瀨菜，我去販賣機買些飲料。妳到那邊的陰影底下等我。」

雖然眾人各自訴說對島嶼的第一印象，不過大家應該注意到了吧。所有人都是在把千葉當成跟東京一樣的都市這個前提下發表感想。

千葉的居民就是有這種傾向。

「好了，大家都下船了吧。別忘了東西——要出發嘍！」

率領社員的社長，就像領隊的老師一樣，散發出一種令人莫名發噱的感覺。

我們跟在帶隊的社長後面，像螞蟻的行列般前進著。

我和黑貓排在最後面。她拖著行李箱發出喀啦喀啦的聲音。

不過……這傢伙完全沒有流汗耶。

夏Comi的時候也是這樣。

明明有著雪女般的容貌……卻很能抗熱嗎？

雪白的肌膚受到日曬，難道一點都不會變黑嗎？

愛管閒事的個性又開始蠢蠢欲動。

「太陽這麼大，妳沒問題吧？要不要幫妳拿行李？」

「沒問題喔。之前不是告訴過你了嗎？——我的身體覆蓋著薄薄的妖氣膜，所以一點都不熱。」

……一瞬間浮現或許真是如此的念頭。但是該擔心的還是會擔心。

我內心的想法似乎傳達給對方了，黑貓很害羞般別過頭去。

「既然你都這麼說了，我就加強防禦吧。」

黑貓說完就不知道從哪裡拿出陽傘並且打開。

身穿白色洋裝還打著陽傘的她，看起來真的像是大小姐。

和平時印象不同的她，讓我再度心跳加快。

「……那個，學長？」

「啥？」

以呆滯的表情反問之後，還撐著陽傘的她就靠到我身邊……

「……兩個人……一起撐如何……」

「…………」

默默無言的時間持續了一陣子……

「我……我只是問問看……」

「啊，等等，不是啦。」

立刻伸出去的手不小心碰到她準備把陽傘縮回去的手，兩個人都慌了手腳。面面相覷幾秒鐘的時間並開合著嘴巴……

「那……讓我拿吧。」

「……拜託你了。」

於是情況就變成……

兩個人共撐一把傘走在大太陽底下。

明明是為了避暑的行為，似乎卻造成了反效果。

爬上斜坡後得以俯瞰海洋，那確實是一幅美景。

長時間霸占天空的太陽似乎終於想要下沉，天空逐漸染上橙色。

宿營第一天幾乎光是移動就快要結束了。

但是即使到了夜晚，仍然有開心的事情等著我們。

這才是所謂的宿營。

最後我們終於抵達目的地。

我們住宿的民宿「三浦莊」是古色古香的兩層樓建築。

正面能看得見海，位置算是不錯。

打開玄關的拉門就傳出一股誘發鄉愁的香味。

……噢，對了。

就跟我的青梅竹馬所住的田村家很像。

是老婆婆家的味道。

玄關大概只比一般民家寬敞了一些，社員們一口氣湧進來後就變得極為狹窄。我注意到櫃檯的桌子上放著一具粉紅色的舊式電話。

……我可能是首次看到沒有按鍵的電話。

一群人吵雜地脫下鞋子並且換上拖鞋。

這時候出來迎接我們的是穿著白色和式圍裙的白髮女性。

「歡迎大家。我的孫子受到大家的照顧了。」

她絕對就是三浦社長的祖母了。因為長得跟他很像。

「奶奶，我回來了。我帶來妳託我尋找的幫手嘍。」

「哎呀哎呀……竟然有這麼多年輕人願意幫忙，真是太令人高興了。」

這令人難以忽略的對話，立刻讓待在旁邊的真壁有所反應。

「社長，幫手……是？」

「我沒說嗎？其實是希望你們能夠幫忙這座島每年都會辦的『傳統祭典』的準備工作。」

「還是初次聽見！」

「看吧，果然有隱情！」

真壁與瀨菜顯得相當激昂。

「喂，弦之介！」

「好痛啊！幹什麼啦，奶奶。」

後腦杓挨打的社長如此說完，社長的祖母——老闆娘就帶著符合「氣呼呼」這個形容詞的模樣斥責著孫子。

「你什麼都沒有跟他們說嗎！我是要你來幫忙喔！因為我們家負責指揮準備祭典的爺爺閃到腰，到去年都還在幫忙的年輕人們也到東京去了，今年能夠做粗活的人很少！為什麼想把責任推給你默默帶來的朋友們！」

嗚哇！原本認為是很溫柔的婆婆，結果生起氣來真是恐怖！

感到害怕的社長如此反駁：

「啊，沒有啦，不是要抬神轎嗎？我哪能代替原本是漁夫的爺爺啊！我這麼細的手臂，最多只能拿起數十本同人誌喲。」

想不到能拿那麼多本啊。

但這個人的手臂確實是雪白又瘦弱。

這時赤城剛好在他身邊，於是他便用自己纖細的手臂纏繞赤城的手臂將其拉了過來。

「奶奶你看！這條在運動社團鍛鍊出來的強壯臂膀！大概有我的大腿那麼粗喲！」

「三浦同學，你特別允許我參加這次的宿營……該不會……」

赤城半瞇著眼睛露出傻眼的表情。結果社長毫不感到愧疚地說：

「嗯，正如你所察覺到的——」

「你的目標是哥哥的身體嗎！」

瀨菜用雙手遮住嘴角並且發出尖叫聲。看起來超開心的。

「別用那種噁心的說法！我一個人負荷不了，所以希望你們幫忙啦！」

「如果是這樣，那打從一開始就這麼說不就得了。這只不過是小事一樁。」

赤城做出非常帥氣的發言。

「對吧，高坂。」

接著把話頭丟給我。

「是……是啊。」

老實說，我對粗活不像赤城那樣有自信……

但因為黑貓正在看，忍不住就耍帥了。

「我就知道你會這麼說喲！兄弟！」

社長得意忘形地這麼說道，結果耳朵就被老闆娘拉住。

「……唉，我就覺得應該是這樣。哈哈，是沒關係啦。」

以真壁學弟為首的男社員們大致上都願意幫忙。

不管怎麼說，社長都很受到大家的仰慕。

應該說，其實正如赤城剛才的話——只是小事一樁。

雖然是跟粗活扯不太上關係的宅男們，但是都有這麼多人手幫忙了。

嗯，只要不是太誇張的事情，應該都有辦法解決吧。

我甚至隱隱約約感覺到……這其實是社長的托詞。

如果什麼都沒有做就接受一個星期的住宿招待。

或者事先正式提出「幫我一起進行祭典準備工作」的提案。

我或許還是會感到過意不去。

然後表示「這樣多不好意思」並且婉拒這個機會。

所以也可以這麼說。

我們是「因為覺得另有隱情，才能放心參加宿營」。

事情就是這樣。

接著從感到萬分惶恐的老闆娘那裡聽到關於祭典的各種準備工作。

簡言之就是男丁不足，希望能夠幫忙完成粗活。

說起來就像是布置會場那樣的打工——所以由真壁作為代表，再次對所有男社員傳達希望能夠幫忙這次的祭典。對方雖然熱情地表示願意付出打工費，但是我們當然堅決地拒絕了。

「只讓男生工作太不好意思了。」

黑貓呢喃著這麼一句話。

「如果有什麼我能夠幫得上忙的地方就好了。」

「說得沒錯～」

女生社員們似乎也同意黑貓的看法，於是開始商量了起來。

商量的結果就是……隔天早上就知道了，不過現在根本無從得知。

順帶一提，共有三名女社員參加。黑貓、瀨菜……最後一個是跟我同學年的女學生，不過我沒什麼機會跟她說話，所以不是很熟。

她就是前陣子開會時成為話題的那個負責畫插畫的社員，似乎在真壁的說服下參加了接下來的共同製作以及宿營。

嚴格說起來，她已經不算社員了……不過也差不多了啦。

重要的是，順利的話黑貓可能交到另一個女性御宅族的朋友。

總而言之。

就決定由男性社員來幫忙準備這次的祭典了。

「各位，抱歉孫子給大家添麻煩了——」

老闆娘從剛才開始就一直帶著愧疚的表情。

她跟社長之間的關係似乎不是很拘謹，當長相成熟的社長像個普通的小孩子挨罵時，就會讓人忍不住發笑。

社長像是要掩飾害羞般說道：

「謝謝你們啊。女孩子們也不必太在意喔。我說過是老奶奶老爺爺因為興趣而開設的民宿吧。反正也不會有其他住宿客來了。現在卻有許多年輕人來到這裡，老太婆很開心喲。」

這時候老闆娘拍了一下孫子的頭，笑著重新轉向我們。

「嗯嗯、嗯嗯，我和老伴都非常高興。」

她的臉上掛著親切的笑容。

「雖然沒辦法好好招待各位，但是請充分地休息吧。」

「請多多指教！」所有人再次這麼打招呼。
「可以期待餐點喲。都是剛捕到的海鮮。」
社長這麼說。
——喔喔，那真是太棒了。
「但是現在吃飯還太早了，把行李放好後先去泡澡吧。」
於是事情就這麼決定了。
我們被帶到鋪設了榻榻米的和室。
房間相當寬敞，而且打掃得很乾淨，就算跟旅館或者飯店的房間相比也絲毫不遜色。
中央放著光亮的木製桌子，上面並排著茶壺與茶杯。
靠走廊這一側放著雙腳的搖椅，從窗戶可以看見逐漸染上夕陽色的海洋。
雖然變成暗沉色彩的空調看起來相當老舊了，但是似乎還是能正常運轉。房間裡已經很涼爽。
我在涼風吹拂下「呼」一聲鬆了一口氣。
「好棒的房間。」
「是啊。」

我跟真壁相視一笑。

什麼因為興趣開的民宿，根本不是這麼回事嘛。

所有人開始放下行李。運動不足的阿宅們似乎不堪長途旅行，發出了「嗚咿」的丟臉聲音。

從立刻有人打開筆電這一點來看，我只能說真不愧是遊研。

順帶一提，女生社員當然跟我們不同房間。

黑貓她們是住在隔了一面牆壁的鄰室。

我下意識間舉手敲了兩下牆壁。

當然不會得到什麼回應，不禁對自己謎樣的舉動露出苦笑。

「這裡只有一般家庭的浴室。所以要到公共浴池去。」

社長這麼說。我思考了一下後問道：

「很近嗎？」

「就在後面。」

「那我之後再去吧。」

赤城對我的發言有所反應而靠了過來。

「喂喂，高坂，為什麼呢？一起去泡澡嘛～」

「少說那種噁心的話了，赤城。現在剛好是傍晚，我還有事情想做。」

「小京哥，你最近對我很凶耶？」

別突然用男大姊的口氣說話。

還不是因為你那個妹妹不斷重複腐女的發言。

結果讓我處於異常警戒狀態。

然後陷入突然注意到這樣的自己，就更加覺得噁心的惡循環。這真的很痛苦。

「那麼，高坂你『在黃昏時想做的事情』究竟是什麼？」

「我想先去拍這座島的照片。去洗完澡後就不會想要流汗了吧。」

文字遊戲也會需要傍晚的場景吧。

今天能完成的事情就想先把它做好。

說不定——今天拍的照片，明天黑貓就能立刻拿來用了。

「很拚嘛。」

赤城露出苦笑。

啥？你這傢伙為什麼看起來這麼開心，搞不懂你在想什麼。

這時社長打斷我們……

「如果是這樣，那五更也一起去吧。」

做出這樣的發言。

「為什麼？」

「難得劇作家來到外景地，在她的指示下拍攝比較好吧。」

「是這樣嗎？」

「當然嘍。好了，快點去吧。」

笑著的我背部被社長推著，雖然覺得無法完全接受這種說法，但還是按照他所說的行動。

「啊，那麼我也一起去吧？」

真壁學弟似乎想跟著一起來，但是赤城卻踢了他嬌小的背部。

那是跟前足球社完全無關的跳踢。用的是職業摔角的招式。

「喂！為……為什麼突然就動手──赤城學妹的哥哥！」

「你沒資格叫我哥哥啦！你這傢伙看瀨菜的眼神真的很下流耶！」

「咦咦咦！現在是因為這件事生氣的時機嗎？」

「誰理你啊，笨蛋！應該說你這傢伙太遲鈍了吧！三浦同學難得做出如此貼心的舉動──

你這傢伙是同性戀遊戲的主角嗎？」

「為什麼突然就限定遊戲類型！」

這些傢伙在搞什麼？

我露出納悶的表情，同時離開不斷互丟垃圾話的男生房間。

在隔壁房間前呼喚了名字，紙門就打開來，黑貓跟著現出身影。

「怎麼了嗎，學長？」

「我要去拍島嶼的照片，妳要一起來嗎？」

「……怎麼辦才好。我剛好跟瀨菜她們說好要去泡澡——」

「不用管我們，妳快點去吧。」

似乎聽著我們說話的瀨菜，從房間裡面這麼對我們搭話。

接著她就踩著「噠噠噠」的腳步聲跑過來，把嘴湊到黑貓耳邊。

「小璃，我說啊……難得有這個機會——」

由於聲音很小，所以我聽不見。如果講的是祕密，又不能豎起耳朵來仔細聽。

「……笨……妳……妳在說什麼啊……妳這個人……」

黑貓不停眨著眼睛露出焦急的模樣。到底在說些什麼……

悄悄話結束之後，嘻皮笑臉的瀨菜就以帶著深意的模樣拍打黑貓的肩膀。

「那麼，好好加油吧。」

說完就回到房間裡去了。

我還是試著問了一下黑貓。

「妳們剛才說了什麼？」

「沒……沒什麼喲。」

「這樣啊。」

由於本來就不認為她會告訴我，所以不說也沒關係。

黑貓不知道為什麼露出忸忸怩怩的害羞模樣，最後才抬起頭看著我……

「……我也一起去。」

似乎願意同行。

「好喔。」

我伴隨黑貓一起來到外面。

天空雖然還明亮，但是距離日落已經沒剩下多少時間了。

「時間只夠到附近拍一個地點了。」

「要去哪裡呢？」

我從背包取出地圖並且攤開。

「去神社吧。同樣的構圖下，我想拍攝傍晚與夜晚的照片。」

確認地點後兩人便出發了。

從民宿「三浦莊」往北走了一陣子後，就看見豎立著神社的看板。
雖然因為又舊又髒而幾乎看不清楚，不過大概是寫著「飛天神社」。
「『飛天』是什麼意思呢。」
「之後再問三浦社長吧。說不定可以拿來當哏。」
「嗯。」
遵從看板上的箭頭爬上坡道後，地面就從柏油變成了砂石道路。
感覺就像是森林步道一樣。另外還有木製柵欄沿著步道延伸。
「這邊附近似乎可以拿來當成背景。」
「我拍張照吧。」
我立刻拿起數位相機拍照。這是從爸爸那裡借來的相機。
「加快速度吧。比想像中還要遠。得在日落前抵達才行。」
「沒問題嗎，妳應該累了吧？」
「沒問題喲。」
由於她堅強地這麼表示，我便一邊注意她的狀況一邊繼續前進。
最後來到行人步道的盡頭附近——
「…………」

黑貓露出「開玩笑吧」的蒼白臉孔。

原來是一段往上的漫長石梯。樓梯盡頭應該就是「飛天神社」了吧。

「……我揹妳吧？」

「……沒……沒問題的。」

「妳的臉看起來不像沒問題。」

「別管這麼多，快走吧。」

明明沒有體力了卻又愛逞強。我大大地嘆了一口氣。

「我累嘍。我們慢慢走吧，太陽下山的話那也沒辦法。」

「你的放水太明顯了。」

看透我心思的黑貓雖然翻著白眼這麼表示，但突然又露出微笑……

「不過謝謝你。我喜歡你這種地方喔。」

「……………呃……嗯。」

完全出乎意料的偷襲。

害得我不知道該如何反應。

妳說「喜歡」，是哪種喜歡……？

忍不住像這樣浮現各種想法。

我把視線從她身上移開，改為面向前方。

「那……那走吧。」

「好……好喲。」

喂，為什麼連黑貓都產生動搖？

爬完長長的石梯後有一座木製的鳥居。

從高處回頭望去，可以看到生命力旺盛的樹木群。

這座神社似乎是建在森林中唯一的開闊地點。

「……呼……在傍晚時就抵達了。」

黑貓像是已經撐不下去般靠在鳥居上，不停地喘氣。

「辛苦了。」

「你也是啊…………倒是，日落……怎麼這麼慢呢……？我覺得……爬上來……應該花了……不少時間才對。」

別逞強啊。等呼吸順暢後再說話吧。

「話說回來，真的都沒變暗耶。」

前往民宿途中，天空明明已經開始變色了啊。現在卻依然是帶著晚霞的天空。

「不會其實沒花多少時間吧？」

「現在幾點了？我把手機忘在民宿了……」

「嗯……」

我確認著自己的手錶。

結果——

「哎呀？停了……嗚哇，真的假的……明明什麼都沒做啊。」

「這是機械白痴的藉口嗎？」

「沒有啦，真的不記得做過什麼會弄壞手錶的事情。還有之前的手機也一樣，最近我周圍的東西也太容易壞了吧……真是的。」

不動了也沒辦法。嗯……我的手機也一樣放在民宿……那看數位相機的內藏時鐘好了。

我才剛這麼想。

發現連相機都恢復成初期狀態了。不過似乎不影響拍照功能，這一點倒不用擔心就是了。

我以舉雙手投降的動作表示：

「所以呢，我也不清楚時間。」

「唉……」

似乎終於調整好呼吸，黑貓鑽過鳥居並且朝向我這邊。

「這樣的話，就快點把傍晚的照片拍下來吧。不知道什麼時候會變暗。」

「說得對。」

我手拿著數位相機走向黑貓身邊。

鑽過鳥居的瞬間，後頸閃過一絲靜電般的刺痛感……

「？」

我判斷是自己想太多。

「怎麼了，學長？是勾到蜘蛛網了嗎？」

「不，沒什麼。現在就過去。」

我小跑步追著走在前面的黑貓。

追上停下腳步的她，跟她並肩而立。

境內沒有其他人的氣息。只有我跟黑貓兩個人。

出現在我們面前的是甚至沒有賽錢箱的小小神社。雖然看起來有相當的歷史，但是整理得相當乾淨，完全沒有骯髒的感覺。那種歷史感反而加強了其神祕的印象。

這是莊嚴的神域。

「………………」

兩人呆立在現場好一陣子。

照片或者動畫應該無法傳達出這種清靜的空氣吧。

正如社長所說的，帶黑貓來果然是正確的選擇。

似乎可以了解「親自體驗」的重要性了。

照片怎麼說都只是讓人回想起來的工具。

「學長，照片。」

「呃……嗯。」

如果不是黑貓跟我搭話的話，我可能會一直發呆下去。

我拍了好幾張以晚霞作為背景的神社照片。然後轉身拍攝境內的照片。

為了不出現事後才懊悔資料不足的情形，我更換了許多位置，拍攝了大量的照片。

「差不多了吧？」

「幫我從境內這邊拍攝一張鳥居，然後再拍一張從石梯往上看的形式。」

「了解。」

我依照黑貓的指示又拍了幾張照片。
由於傍晚的照片已經拍攝完畢，所以在日落前就待在較涼爽的樹蔭下避暑。
之後就等待夜晚降臨，在同樣構圖下拍攝照片然後回去洗澡。
原本擔心回程的夜路，但路上確實設置了照明，所以不用擔心。
那麼，就一邊閒聊一邊等待固執的太陽下沉吧——……
「學長，關於我所負責的女性角色……」
「嗯。」
「……我現在就說一下初次登場的場景，你能提供意見嗎？」
「當然可以了。不過，我的意見有用嗎？我完全是外行人喔。」
「美少女遊戲的話，你比我還熟吧？」
「啊，嗯，是啦……」
主要都是妹妹害的。
「我是第一次創作美少女遊戲的劇本。至今為止可以說完全沒有興趣，就算桐乃對我丟出話題，也都是高高在上，一副瞧不起人的樣子……」
「…………真懷念啊。」
真的很希望能看見她們再次因為喜歡的作品而大吵一架。

黑貓又這麼說：

「既然要做，我就會認真寫。簡單說起來，只要創造出桐乃會覺得萌的『可愛女角』就可以了吧？」

「是啊。我認為這是不錯的方針。」

在各方面都是。

桐乃作為美少女遊戲玩家的感性，只要除去極度偏向妹妹這一點，其實就頗為接近大眾的口味。我認為將「想讓人感興趣的對象」明確化是一件好事。

我也算很了解桐乃這個人了。

那傢伙會認為什麼樣的遊戲有趣，會被什麼樣的女角萌死——

我比任何人都清楚。

所以說……

關於接下來黑貓要創作的劇情，我知道如果是桐乃會做出什麼樣的感想。

「對了，那個傢伙回日本後，就讓她玩這款遊戲吧。」

「是啊……呵呵……我會讓她萌上我創造的女角，然後露出平常那種噁心的模樣。」

太棒了。就這麼辦。

哼哼……真的是很優秀的方針。我開始覺得很有趣了。

「那麼——妳剛才說女角的登場場景嗎？」

「嗯……因為是第一次寫，我想用比較常見的形式來呈現。」

「哦，比如說呢？」

「『從天而降』你覺得如何？」

「真的很常見。」

不僅限於美少女遊戲，連漫畫、動畫也常見到的劇情發展之一。

「不錯啊。關於美少女遊戲的女角，那個傢伙從未說過不能接受常見的登場場景。最重要的是對方是不是妹妹。第二重要的是有沒有色色的可愛。」

「我想也是。」

黑貓苦笑著點了點頭。

「託你的福，我有自信了，謝謝你。關於女角的名字，我已經有想法了，接下來要決定的是『為什麼會從天而降』、『降落到哪裡』、『降落時男主角有什麼反應』——大概就是這幾點吧。」

「『為什麼會從天而降』——因為是天使或者外星人之類的。」

「『降落到哪裡』——常見的上學經過的路上，或者撞破男主角房間的屋頂、與女角有因緣的地點之類的。」

「『降落時男主角有什麼反應』——嗯，最常見的應該就是被撞到吧。」

「可以連結到所謂幸運的色情場景呢。」

「男性向遊戲的話經常可見——」

——正當我們像這樣想著各種哏的時候。

我們在樹蔭底下閒聊著，黑貓突然瞪大了眼睛。

「學長，上面！」

她著急著大聲叫著。

「咦？」

我隨著呆愣的聲音往上看——

「咕噁！」

被掉下來的物體壓扁了。而且是從臉龐用力壓下。

那是相當猛烈的衝擊。老實說，真虧我沒有因此而昏過去。

由於忍不住閉上眼睛，所以什麼都看不見。

「啊……嗚……痛啊………」

有所謂眼冒金星這樣的形容，此刻的我正處於這種狀態。

我雖然當場倒下，但是幸好是倒在土壤上面，所以似乎沒有受傷。

當我一瞬間思考到這裡……

——某個物體正壓在我的身體上。

我打開眼睛。結果——

「嗚～～好痛喔～～」

白色的少女就在我眼前。

清純的女用襯衫、宛如新雪般的通透肌膚，看起來似乎現在就要融化一般。

這樣的女孩一屁股坐在我身上而且閉著眼睛。

看來這個女孩似乎是「從天而降」。

當然我不認為她是真的「從天上掉下來」，但是之所以能夠如此簡單就接受這種難以理解的現象，完全是因為她的容貌實在太過於突出了。

「學長，有受傷嗎？」

黑貓很擔心般窺看著我。

我點點頭表示「不要緊」，接著對謎樣少女搭話表示：

「喂，妳是……？」

「咦？啊——」

少女對我的聲音產生反應而打開眼睛。

「嗚咦咦！」

妳也太驚訝了吧？這傢伙明明是個美人，但是反應卻相當誇張。

我才應該嚇一跳吧。

「咦？咦？咦？怎麼了？為什麼？怎麼回事？」

以一隻手遮住張開的嘴巴，同時用發抖的手指指著我的臉，從頭上冒出大量的「？」。

面對這樣的她，我先冷靜地表示：

「抱歉在陷入混亂時打擾妳，不過可不可以先從我身上下來？」

「哇！哇哇！」

她做出如果是漫畫，可能就會畫出「手忙腳亂」這種形容詞般的動作，然後終於離開我身上站了起來。

接著我也起身並且詢問她「有沒有受傷？」

結果少女撿起應該是她私人物品的素描簿……

「不要緊！」

「這樣啊。」

我發出「呼……」一聲，同時放下心中的大石。

「那麼——」

雙手環抱胸前的黑貓，插身來到我跟少女之間。

「妳是從哪裡墜落的呢？」

「……哦哦唔…………」

「看見我的臉後嚇成那樣，真是沒禮貌的人。」

「對……對不起。啊……那個…………我是在想『好漂亮的女孩～』。」

「別隨便找些藉口來敷衍我。」

黑貓半瞇起眼睛。

老實說真的太露骨了。

明顯有種想要隱瞞些什麼的感覺。

「沒這回事啦！那個，妳問我是從哪裡掉下來的對吧——就是那裡喲。」

少女指著上方。我們的視線跟隨著她的指尖——

「雲上？」

「樹上。」

「……唉……」

黑貓露出沮喪的模樣。

我看妳這傢伙……應該是妄想著——真的是「天使從天上墜落了」對吧？

沒有啦，其實我一瞬間也有這種想法，所以也不能笑別人。

但是那怎麼可能。

彷彿天使般的白色少女這麼說道：

「我爬到樹上，結果摔下來了。」

「這種年紀還爬樹？妳不會是想到樹上去畫畫吧？」

黑貓瞥了一眼她手上的素描簿後如此問道。

為了追求特殊的構圖——像是表示如果是為了創作才有這種奇怪舉動，自己就能夠接受一樣。

順帶一提，少女的年紀看起來跟黑貓差不多。

大概是國三到高一之間吧。因為還是有個別差異，所以不確定就是了。

聽見黑貓的問題後，她邊說著「不是不是」邊加上動作來否定，然後突然很得意般表示：

「我是想要抓獨角仙！」

「……都這把年紀了？」

「有什麼關係嘛！啊，別用傻眼的眼神看我！話說在前面，這座島的昆蟲很厲害的喲！還

有很稀有而能賣得高價的獨角仙和鍬形蟲等等存活著！」

「哦，是這樣嗎？」

老實說，可以吐嘈的地方實在太多了。

不過暫時可以知道關於她爬到樹上的理由了。

結果黑貓對於少女的興趣似乎因此而減弱了。

「這樣啊。小心別弄髒那套漂亮的衣服嘍。」

她突然移開視線並且轉過身子。說不定喜歡自己縫製衣服的黑貓，對於少女穿著漂亮服裝爬樹的行為感到生氣了。

或許是察覺到這樣的氛圍，白色少女以強烈的口氣說了聲「等等！」來叫住黑貓。

「那個，這是有很複雜的理由！我——」

但是黑貓只是用鼻子冷哼了一聲。

「沒興趣。」

「等等，聽一下嘛！不會很長！好嘛、好嘛，難得都像這樣相遇了。」

「……沒辦法了……妳就說說看吧。」

奇怪了……這是異常事態。

從剛才開始，黑貓就很自然地跟初次見面的人對話。

這……這到底是怎麼回事……

難道說在沒有任何契機之下，她就成長到足以跟他人建立起正常的關係了嗎？

當我對於黑貓產生極為失禮的感想時，少女就開始娓娓道來。

「我是來這座島旅行…………結果發生了許多事情而把錢弄丟了！」

什麼叫許多事情？重要的地方好像被省略了？

「因此必須盡快確保『衣・食・住』的資源——但是，像我這種嬌嫩的少女，也沒辦法突然就從事日領的粗重打工吧？而且已經傍晚了。」

「那為什麼要抓蟲？」

「賣掉稀有巨大昆蟲，賺取今晚住宿費的大作戰！」

真是隨便的作戰名稱。

我記得昆蟲的話，只要不是保育類，好像個人進行販賣也ＯＫ喔？

但真的能這麼順利嗎？說起來這座島上存在願意購買昆蟲的店家嗎？

聽她訴說原因的黑貓，這次確實露出擔心的表情。

「一起來的人呢？妳不會是自己一個人到這裡來旅行的吧？去派出所了嗎？」

「啊～……我跟家人來的，但只能說沒辦法倚賴他們了～～～」

看來是有難言之隱。這女孩真的疑點重重。

黑貓發出「唔嗯……」的聲音並陷入沉思。最後便開口這麼表示：

「我叫五更瑠璃。告訴我妳的名字吧。」

「咦？我……我的名字是——高……不對……好險喔……」

白色少女話說到一半就停了下來。

思考許久後才再次這麼說道：

「我叫——……槙島悠。」

「妳說什麼？……漢字是怎麼寫的？」

「犬槙島的『槙』，冰島的『島』然後悠久的『悠』。」

「…………這樣啊。」

這對話是怎麼回事。

黑貓瞪大眼睛並且產生動搖……

應該不只是因為那明顯是假名的關係吧？

我感到非常不對勁。首先使用假名本身就很奇怪了，而且……

以當場想出來的假名來說，被問到漢字時也回答得太流暢了。

明明是假名，卻完全沒有說謊的感覺。

這太奇怪了吧？

啊……關於名字這件事，如果是從島嶼的名稱來取得靈感……不對，好像也沒關係。

最讓人感到不解的是，對方明明使用假名，我卻沒有產生不信任感這件事。

如果借用桐乃（色情遊戲玩家）的說法，就是不知道為什麼——我打從一開始就對她的好感度相當高。

就像對方用了金手指一樣。或者是像被施加了強力的催眠術一樣。

由於很可能會招致誤會，所以我先聲明，只是長得漂亮的話，實在不可能有這種影響力。

因為我早就看慣妹妹這樣的美女了。

當我埋頭思索時，黑貓就用略為強硬的口氣說：

「槇島悠——是嗎？如果妳實在束手無策，就到我們住的民宿來吧。就是公共澡堂隔壁的『三浦莊』。以煙囪作為目標的話一下就能找到了——所以就算沒有錢，也不必準備露宿野外。」

「怎麼樣都不會睡在野外啦！我看起來像那種野孩子嗎？」

「很像喲。」

「嗚咿咿……這樣啊……不過，謝謝妳……那個……可以叫妳五更小姐嗎？」

聽見對方這麼問，黑貓稍微思考一下後就咧嘴笑著回答：

「叫我黑貓吧。」

「那是——……」

「網路暱稱……不對——……是『靈魂的真名』喲。」

看見她直接對初次見面的對象展露中二病的一面，我想就連悠也會感到害怕吧。

我才剛這麼想。

「……了解了。黑貓。」

她立刻發出竊笑，然後看起來很是開心。接著又把視線移向我……

「你是？」

「高坂京介。」

「嗯。」

燦笑——露出桐乃看見新作遊戲時的表情……

「請多指教，京介。」

悠如此稱呼我。

雖然不像跟黑貓在一起時那樣心跳加速。

但是那是讓人胸口有股溫暖感覺的幸福笑容。

而且跟妹妹很像。

拍完夜晚的神社之後就和悠分開回到「三浦莊」。

迅速準備好之後就前往後面的公共澡堂，結果在玄關遇見黑貓。

舉起一隻手打招呼完，她也對我輕點一下頭之後就來到我身邊。

「嗨。」

我跟黑貓都提著裝有替換衣物的籃子。

目的地應該相同吧。我們就這樣默默地一起往前走。

「學長，剛才的時間……果然過得很慢。」

「嗯，社長他們都還沒從澡堂回來。」

老實說，原本還擔心趕不上晚餐，結果只是杞人憂天。

因為甚至還有時間像這樣前往澡堂。

「竟然有這種不可思議的事。」

要說是錯覺嘛，兩個人又都有那種感覺。

不久後就看見目的地了。公共澡堂也跟「三浦莊」同樣是殘留著強烈昭和風味的建築。

就是那種美好年代裡，帶著「煙囪」的公共澡堂。

鑽過入口的暖簾可以看見鞋箱，在該處將鞋子換成拖鞋後繼續前進。

支付入浴費用的櫃檯旁邊是大廳，設置著映像管電視、電風扇、桌球台、破舊的投幣電玩框體以及自動販賣機等。

看起來就是休息處應有的模樣。

社長、真壁以及赤城兄妹正在該處乘涼。

其他社員明明剛洗好澡，卻認真地比起桌球，另外也有人玩起懷念的投幣式猜拳遊戲。

看起來是打算全力享受宿營的夜晚。

剪刀．石頭．布！剪刀．石頭．布！

一邊聽著那有點像在發飆的語音一邊支付完費用，穿著浴衣的赤城就看見我並且過來對我搭話。

「哦，你來啦，高坂。」

「小璃，這邊喲。」

瀨菜單手拿著果汁牛奶，看起來很開心。

拿下眼鏡，剛洗好澡的她，穿著浴衣的模樣看起來相當嬌豔。

但是浩平大哥的眼神很恐怖，所以我立刻把視線從瀨菜身上移開。

結果眼神就和社長對上。這個人也莫名地適合穿浴衣。

他一邊以圓扇搧著臉龐，一邊咧嘴笑著問我：

「怎麼樣啊？」

「成果不錯。應該拍到很棒的照片了。之後會給你看。」

「喔，這樣啊！那真是太好了……另一方面又如何呢？」

「什麼叫另一方面？」

「…………啊，不用了，我已經知道了。」

社長似乎察覺到什麼而直接結束話題。

另一方面，黑貓也被瀨菜抓住再次說起了悄悄話。

「唔呵呵，小璃。這裡的浴室呢——……」

「咦…………」

「然後……我聽社長說呢，現在…………」

「那……那又怎麼樣？」

「呵呵，妳明明知道的呀～不是會成為很有氣氛的情境嗎？」

「我不知道……隨妳怎麼說吧。」

黑貓突然別過臉去，然後開始偷偷瞄著我。

「…………」

默默凝視著我幾秒後，立刻快步進入女用澡堂。

社長「咚」一聲推了一下我的背。

「趕快進去吧。馬上就要吃飯嘍。」

「好喲。」

我鑽過男用澡堂的暖簾，一腳踏入脫衣處。

在浴場洗淨頭與身體，接著用蓮蓬頭沖掉旅途的疲勞與風塵。

做好完全的準備後前往的是露天浴池。

「喔喔……很正式嘛。」

老實說嚇了一跳。從浴室的外觀看起來，實在不像具備露天浴池。

嗯，因為有煙囪，所以應該不是溫泉啦。

另外還有普通的浴池，露天浴池本身並不是太大。

浴池獨立在種了羅漢松的庭園內，看起來莫名地帥氣。

我在內心吹起口哨並且發出歡呼聲，接著便進入浴池。

當我把肩膀以下都浸到熱水裡，以肌膚享受著熱度時——

「……學長……你在那裡嗎？」

「咦？」

明明泡在熱水裡面，我卻一瞬間以為心臟凍僵了。

因為應該泡在女用澡堂裡的黑貓，聲音就從我的背後，也就是柵欄另一邊傳過來的緣故。

……看來，男用澡堂跟女用澡堂的露天浴池距離相當近。

也就是說，這片薄薄板子的另一邊……一絲不掛的黑貓正在……

我轉往聲音的方向，「咕嘟」一聲吞了一口口水。

這個……可惡的鄉下！防範意識也太低了吧？

說起來黑貓也真是的！如果泡澡的不只有我一個人該怎麼辦！

陷入超混亂狀態的我，想盡辦法裝出冷靜的模樣來回答：

「呃……嗯……我在喔。」

「……這……這樣啊。瀨菜說……現在男用澡堂只有學長一個人……」

「啊——原……原來如此。」

剛才的悄悄話就是這個嗎？

獨自做出結論時，黑貓就畏畏縮縮地表示：

「那個……稍微維持這樣的狀態……怎麼樣……呢？」

「沒問題喔。像是溫泉旅行一樣超有趣的。有種賺到了的感覺。」

「是啊。」

雖然沒有說出口。

但是隔著柵欄跟待在女用澡堂的學妹說話——之類的。

我覺得非常有青春的感覺。

每當從柵欄的另一邊傳出細微的水聲，就覺得心臟像是要破裂了一樣。

我像是要消除侵蝕腦內的色心般，努力發出冷靜的聲音。

「那麼，嗯……就來聊聊天吧。」

「關於剛才的——悠的事情。」

哦，那個話題嗎？黑貓想談論首次見面的對象，這確實是很稀有的事情。

我在腦海裡描繪著那個自稱槇島悠的白色少女。

「嗯……真是個不可思議的傢伙。老實說真的很可疑，但是卻又不像壞人。」

「是啊。」

「吶，為什麼呢？」

「……你在說什麼？」

「妳好像對那個傢伙特別親切。我覺得很稀奇啊。」

「…………噢……那是因為……」

花了一段時間，她才繼續把話說下去。

「……名字…………一樣的關係。」

「名字？嗯……那個傢伙的名字，跟妳認識的人一樣嗎……？」

「不是……跟我接下來想寫的文字遊戲的女角一樣喲。」

我無法立刻回應。因為她的答案太出乎意料了。

「妳是不是——」

「我當然沒有跟任何人說過。『槇島悠』是只存在我腦袋裡的設定喲。」

「…………」

「——很不可思議吧。」

如果這是真的。不對，應該是真的吧。

黑貓雖然是重度的中二病患者，但是她不會說這種謊。

不過會聲稱自己擁有黑暗的力量——也用瀨菜不喜歡的「魔眼使」這個綽號來稱呼她就是了。

想引人注意的愛出風頭女孩——她不會做出那樣的行為。如果問我到底哪裡不同，我沒有信心能說明得很清楚就是了。總之這不是謊言。

那也就是說……

「是……偶然嗎？」

「一般來想應該是這樣。跟我有同樣的靈感，所以說出那個假名——這是最能接受的理由。從『犬槇島』想到——槇島。至於『悠』呢——嗯，也算是常見的名字……吧。」

「結果妳還是無法接受嘛。」

「……是啊。名字跟我的女角相同的女孩子，竟然真的『從天而降』喲。跟我構思的登場場景相同——那個時候雖然擺出冰冷的態度……但其實我非常在意她。」

「也難怪啦。」

聽到剛才的說明，我也只能表示「難怪妳會這樣」了。

「真的會覺得『可能發生不可思議的事情了』對吧。」

不是因為中二病發作。

「嗯……而且………」

「而且？」

「知道那個孩子有困難……就覺得不能丟下她不管。我也說不上來。那個……對了……可能有點像吧。」

「有點像？妳是說——」

我的腦海裡浮現桐乃的臉龐。但是黑貓所說的是另一個名字。

「……日向……跟我的妹妹有點像。」

「這樣啊……」

日向小妹——就是我之前在電話裡稍微聊過的那個女孩子吧。

「臉雖然不是太像，年紀也差很多……但不是外表，是性格……應該說產生的印象就是如此……吧。」

聽她這麼一說，就覺得開朗的個性確實有點相像。

「我——覺得她有點像桐乃。」

「嗯……她是個很漂亮的女孩。可以說不輸給桐乃。」

「等等，這就有點言過其實了。哎，說起來她的臉還真的有點像……吧？」

「……你這個人……真的是天然呆才會說出那種話。」

「咦？」

「……沒有啦，沒什麼。然後呢？」

「我的意思是，我感覺悠的內心很像桐乃，性格本身完全不同就是了。我也是隱約這麼覺得……沒辦法解釋清楚，抱歉。」

「我懂喲。啊……所以才能那麼容易就說上話嗎？稍微可以理解了。」

雖然不想承認。但是正因為現在像這樣跟黑貓兩個人獨處，才會一瞬間承認這件事。

我跟黑貓或許…………

都因為桐乃不在而感到寂寞。

一個素未謀面的女孩子。竟然從這個初次見面的女孩子身上看到桐乃的影子。

那個臭傢伙，現在不知道怎麼樣了。

兩個人就這樣聊了一陣子。突然才發覺，馬上就會變成桐乃的話題。

……這也沒辦法。因為這是共通——而且永無止盡的話題。

最後……

「差不多該起來了。我好像有點頭暈。」

「哈哈，妖氣的防禦膜哪去了？」

「呵……在神聖的領域效果變差嘍。」

「是是是，那我也要起來了。」

「……在大廳見吧。」

兩人就這樣在浴池中告別。

入浴後穿上衣服等各種準備工作當然是男生快得多。我來到大廳時仍看不見黑貓的身影。到自動販賣機買了果汁牛奶後，就一邊乘涼一邊等她出來。

當我喝完一瓶牛奶時……

「……讓你久等了。」

穿著浴衣的黑貓就鑽過女湯的暖簾出現在我眼前。

「……喔……喔喔。」

我忍不住發出參雜著回答與驚嘆之意的聲音。

剛泡完澡的女性，為什麼會如此地嬌豔呢。

從發紅的肌膚上升的熱氣，讓人感覺到魅惑的氣息。

「果汁牛奶可以嗎？」

「嗯，謝謝。」

我裝出平靜的模樣把飲料交給她，然後並肩一起乘涼。

「……會來不及吃飯喲？」

「沒問題的啦。妳看。」

我以放鬆的姿勢指著牆壁上的時鐘。

「再休息一下才回去吧。」

抵達這座島之後——

很不可思議的，感覺時間的流動變慢了。

雖然這種奇妙的現象讓人感到有些害怕。

「真拿你沒辦法……這樣的話，稍微玩一下氣墊球如何？」

「哦，真的要玩？我很厲害喔？」
「哎呀……呵呵呵……你玩遊戲曾經贏過我嗎？」
「好，來比賽吧！盡量放馬過來！」
我改變心意了。
只有現在，流動的速度不管變得再慢都無所謂。

就這樣。
遊戲研究會的宿營首日終於結束了。
簡直就像幼年時期，或者是小學時期的暑假一樣，極為漫長且緩慢的一天。
以離島為舞台的非日常生活剩下六天。
我在棉被裡面安穩地閉上眼睛…………

第三章

——……先生。早上嘍，快起床。

在舒服的睡夢中聽見少女的聲音。

或許是還不清醒的緣故吧，那聽起來像是妹妹，也像是學妹，然後也像是[illegible]的聲音。

不可思議的音色一點一點改變輪廓——

「京介！早上嘍～～～～～～～～！快點起床————！」

然後引導我醒了過來。

「嗚哇！」

有人在耳邊這麼大叫，讓我忍不住睜開眼睛。身體一整個跳了起來。

「很～～～～～好！起來了嗎——！早餐煮好嘍！」

「妳……你這傢伙…………」

我還以為是自己睡傻了。因為出乎意料的笑臉就在眼前。

「嘿嘿～早安啊！京介♪」

槙島悠。在神社遇見的少女。

身穿T恤，打扮跟昨天完全不同的她，身上帶著符合早晨時光的快活魅力。

「嚇一跳了嗎？嘿嘿～我也住到這裡了。你看嘛，黑貓昨天告訴我了對吧？」

「呃……啊……這樣啊……所以才……」

「哎呀，在遭到誤會前先告訴你，我有確實支付住宿費喲！」

真的假的？我還以為一定是放棄掙扎而哭著向黑貓求情呢。

「這也就是說……獨角仙……對吧？妳抓到了嗎？」

「正如我的計畫，抓到了稀有的傢伙喲！嘿嘿～很厲害吧！」

「與其說是厲害……應該說妳這人真的很堅強。」

在那之後抓到昆蟲並且順利賣掉換錢……然後辦理入住手續……應該是這樣吧？

如果我不是剛睡醒，應該會更加覺得這件事情很不可思議吧。

「沒有啦，只是環境真的太棒了！不論是寵物店的姊姊還是這間民宿的老闆娘，全都是很容易溝通的人，我真是太幸運了！只不過，還是得繼續賺錢才行！」

昨天被她含糊其辭把事情帶過，所以我幾乎不清楚關於她的情況。

悠在旅行的目的地落得身無分文，看起來真的是不知所措。

但是在神社分開之後，當我洗完澡入睡期間，想不到她已經把狀況改善到這種程度了。

她的年紀應該比我小才對，這樣的生存能力確實很了不起。

可以說充滿了能量。

「於是乎，在經過許多事情後我現在跟黑貓她們住在同一個房間——雖然間隔時間很短，不過要再次說聲請多指教嘍。」

她以裝可愛的動作對著我閉起一隻眼睛。

從昨天開始，這傢伙「發生許多事情」的次數也太多了。

「黑貓她們無所謂的話，我也無話可說。我也要請妳多指教。」

「嗯！所以換好衣服後就到餐廳來吧——這個幸福的傢伙♪」

「？好……」

留下帶有深意的發言後，悠就離開男孩子的房間。

話說回來——我完全醒了。明明我起床的習慣就不是很好啊。

嗯，不過跟夜裡被甩巴掌叫醒相比還是好多了吧。

一離開棉被，聽著我們剛才那段對話的男孩子們就迅速聚集過來……

說著「剛才那個女孩是誰？」「劈腿不好喔高坂」來進行偵訊。

什麼叫做劈腿啊。

我又沒跟誰交往，悠完全不是我的菜，所以根本不是那麼回事。

我大概就像這樣為自己辯解。

換好衣服洗完臉後，就和社長一起前往餐廳。
那裡果然也是鋪設榻榻米的房間，放著一張足以讓所有社員圍之而坐的木製大桌子。
昨天我們有稍微瞄了一眼，所以可以知道餐廳隔壁是一間正式的廚房。
明明是帶著昭和風味的民宿，但是調理器具卻相當新穎。
似乎是民宿的主人——社長的祖父的興趣。
昨天晚上吃晚餐時，他本人親自對我們如此表示。
在大海附近開店，以剛捕獲的魚調理出美味的餐點來提供給住宿客——
有著職業摔角手般體格的老爺爺表示這就是自己的興趣，然後豪邁地笑了起來。
來到帶著他這種意念的餐廳後……
「嗨，早安啊。」
「早安，學長。」
「你早啊，高坂學長！」
迎接男生社員的是身穿和式圍裙的女生社員們。
她們俐落地端上和食早餐。
馬鈴薯燉肉、烤魚、滷南瓜、涼拌菠菜……等等，一大早就提供相當豪華的餐點。
「妳們是怎麼了，看起來像家政課實習一樣耶。」

社長很感興趣般這麼問完，瀨菜就回答：

「我們來幫忙製作早餐！老實說，老闆擁有超級職業料理人的技術，我們說要幫忙根本是太過厚臉皮，但還是請他盡量給我們一些工作。因為——哎呀，你也懂的吧？」

瀨菜說完就拋了個媚眼。

嗯，我不懂。

黑貓像逃走般踩著「啪噠啪噠」的腳步聲退回廚房內。

瀨菜抿嘴輕笑著目送這樣的她離開。

「哦～原來如此。」

社長苦笑著這麼說道。接著又看著我……

「喂，高坂！太棒啦！今天的早餐是女生社員親手做的喲！」

「好像是這樣。黑——五更她做了哪道菜？」

「問得好，高坂學長！這道——烤魚、滷南瓜還有馬鈴薯燉肉都是她做的！請你務必品嚐看看！」

「咦，幾乎是現在端出來的所有料理嘛。真的假的？我還以為是職業的廚師的……」

這是我的真心話。

結果瀨菜「啪」一聲拍了一下手。

「就是說啊！想不到小璃她很會做菜！我們根本沒什麼機會上場！」

「……『想不到』這幾個字是多餘的喲，瀨菜。你們到底是怎麼看我的？」

黑貓戴著防燙手套把鍋子拿過來。

喂喂……一大早就上這麼多菜？是要舉行宴會嗎？

「因為平常的小璃的感覺，就是會強硬地把魔術儀式創造出來的東西稱為『料理』吧？從鍊金爐裡拿出治癒什麼的道具，然後說一句『呵呵呵……完成了』。」

很抱歉我也有同感。像是黑貓的鍊金工房之類的。

因為驚悚的耍帥台詞，給人一種黑暗奇幻的感覺。

「瀨菜妳做了哪道菜呢？」

赤城興奮地問著。結果瀨菜以燦爛的笑容回答：

「我負責幫小璃加油還有上菜喲。」

「這樣啊，真了不起。」

這個男人……太寵妹妹了吧。

當我們之間進行這樣的對話時。

「……呵呵…………好棒喔。」

悠就帶著微笑注視著我們。

她早就自己一個人坐在餐桌前面，在鍋子前的最佳位置進入備戰態勢。

一副就是要大吃特吃的模樣。對於幾乎身無分文的她來說，這是合理的行為。

最後所有人就座——

「「「開動了！」」」

開始吃早餐了。我率先把筷子伸向黑貓煮的滷南瓜，然後吃了一口。

「真好吃！」

「是嗎？那就好。」

黑貓鬆了一口氣。

「哎呀，真的很好吃。吃到這一味的話，以後就沒辦法在家裡吃飯了。」

只吃一口就知道了。老媽做菜的技術根本比不上黑貓。

看見我大口吃著早餐的模樣，她就像感到很害羞般說道：

「太誇張了……因為食材很棒，我也覺得成果很美味。」

「沒有誇張。妳真的很會做菜。」

「……………給我默默地吃。」

黑貓因為太害羞而低下頭去。這傢伙還是不習慣受到別人稱讚。

由於其他社員也對料理讚不絕口，所以她已經羞到想鑽進地板了。

很會做菜而且賢慧。
我完全不知道耶。黑貓——五更瑠璃還有這樣的一面。
一大早就能看見她新的面貌。
「嗚嗚……真美味……太好吃了……嗚咕，眼淚流出來了……！」
悠也以不輸給我的速度扒著飯。
說不定她沒能吃飯，一直處於空腹狀態。
我的內心浮現「多吃一點啊」的溫柔心情。
但是——我深深覺得……這傢伙的外表雖然很清純，行為卻很狂野。
男生社員們都啞然看著她。
「話……話說回來——」
真壁強行把自己的視線從悠身上移開並且改變話題。
「為了慎重起見，我先大致說明一下宿營的行程規劃吧。」
得到所有人同意的他，隨即以平穩的口氣表示：
「首先是我們的現狀與宿營的目的。我們的新企畫『以夏天的離島為舞台的美少女遊戲（暫稱）』——遊戲系統是沿用之前製作的成品，所以幾乎已經完成了。調整與潤飾將在赤城學妹的主導下進行。BGM主要是使用免費素材……由於負責插畫的井上學姊暫時回歸社團，所以就請她幫忙。似乎在暑假結束時，能夠交出參考外景拍攝照片的背景插畫。」

負責插畫的女孩子．井上舉起一隻手來說著「交給我吧」。

據她表示——角色設計要等到劇本完成後才著手進行。

「關於劇本呢，大綱……就是故事的簡易設計圖——已經完成了。而且也得到諸位的贊同，接下來只要動手寫即可。」

「運用宿營的取材……暑假結束就是劇本的截稿日期。」

社長這麼說。

真壁&黑貓點頭並且表示「知道了」。

「我負責共通部分以及女主角的劇本，剩下三個角色的劇本則由五更學妹來負責。好了，到這裡都是事前情報，接下來將進入主題——希望在這次宿營完成的總共有兩件事情。」

他豎起一根手指。

「拍攝或許可以用在遊戲的背景資料。」

接著豎起另一根指頭。

「調查『島嶼的傳說』來收集素材，藉此來補強作品。」

「『島嶼的傳說』？」

我一詢問「昨天沒有出現的話題」，社長就代替真壁開口表示：

「真壁與五更都表示想在遊戲裡加入『不可思議要素』。所以為了有真實感，希望能調查實際的超自然話題或者民間傳說。於是我便告訴他們，宿營將前往的島嶼也有許多這種傳說。」

「你說過有『天女傳說』對吧。」

「嗯，和經常聽見的『彩衣故事』不一樣。用來作為美少女遊戲女角的主軸應該很有趣。雖然有點老哏。」

啊……所以黑貓才準備把女角的登場場景設定為「從天而降」嗎？的確很適合在作品內加入以「天女傳說」為主題的設定。

「正如大綱所寫的，這次的劇本是——超自然研究會前往離島進行宿營。之後的故事將活用宿營的體驗來進行創作。在各個劇本中加入一個不同解釋的『天女傳說』題材——這是目前的預想，嗯，這個部分就逐步……看情況而定吧。」

「因為題材很可能會重複，所以宿營後半還需要開會。」

黑貓如此表示。

「要收集宿營的題材，就必須好好地玩樂喲！」

瀨菜元氣十足地這麼主張。

「難得來到這裡，我們到海裡游泳吧！這完全是為了尋找靈感喲！」

雖然有一半應該是為了玩樂的藉口，但沒有人反駁她。

這是當然的嘍。別說是我了，每個人都想去玩。我還想要看女生穿泳裝的模樣。

「好喲，玩的時候好好地玩，取材時就用心取材。要公私分明喔。」

社長做出這樣的結論後，就開始逐漸修正話題的軌道。

「因此——這次的宿營就讓我們確實地收集『島嶼傳說』，然後好好地玩，一起創造美好的回憶！知道了嗎！」

社員們熱情地喊著：「知道了！」

「很好，那麼接下來是今天的行程。分成兩組，一組去調查『島嶼傳說』，另一組則幫忙準備祭典，各自進行自己的工作。各組的成員——」

社長開始宣布組別。

我和黑貓是調查「島嶼傳說」的小組。有不錯的地點就拍攝照片。

順帶一提，「大家一起去海邊玩」是明天之後的行程。

「關於傳說，我也不是很清楚。你們去問一下我奶奶吧。還有——對了。我記得有一間鄉土資料館。」

「我們去看看吧，學長。」

「嗯！」

哈哈，怎麼好像傳奇小說的發展。

冒險心受到了刺激。

其實這會是很平淡的工作，但是只要能跟黑貓在一起，內心就開始興奮起來了。

於是乎——當我們遊研的「今日行程」確定下來時。

「京介、黑貓。」

吃光碗內食物的悠，以認真的表情叫著我們。

「什麼事？要再來一碗嗎？」

「嗯！哎呀~我肚子真的很餓——不是啦！當然是要再來一碗，但不只是這樣！你們要調查『島嶼傳說』對吧？這樣的話，我下午可以去跟你們會合嗎？我上午要打工，必須等到工作結束就是了。」

「？可以問一下理由嗎？」

「因為某種原因，我也在調查『島嶼傳說』——我們來交換情報吧。」

早餐結束後。

我和黑貓一起在「三浦莊」的庭院裡曬衣服。

「真的很謝謝你們。讓住宿的客人做這種事，實在是不好意思。」

「不，這沒什麼……」

黑貓一邊謙虛地對老闆娘這麼說，一邊俐落地曬著衣服。

在燦爛朝陽照耀下的她，雪白肌膚閃閃發亮，以充滿活力的模樣工作著。

明明如此年輕，年紀也比我還小，為什麼會這麼像一個母親呢。

話說回來，黑貓的妹妹日向小妹好像說過「家事都是姊姊負責」。黑貓可能已經習慣家庭主婦的工作了吧。

那麼……

至於為何我們會處於這種狀況嘛，其實說起來很簡單，因為我們遵照社長的指示跑來找老闆娘詢問傳說的事情。找到她之後，由於她正在洗衣服，我們便像這樣幫她的忙。

我把洗衣籃搬到黑貓身邊，然後對老闆娘說：

「其實是有件事情想請教您——」

「當然可以了，只要是我知道的事情，盡量問沒關係。」

老闆娘很爽快地答應了，於是我們立刻詢問她關於「島嶼傳說」的事情。

結果她以輕鬆的口氣表示：

「噢，你們是說『飛天大人』嗎？」

「您說的『飛天』是……」

跟昨天刻畫在導覽看板上的名字一樣嗎？

她以手指在空氣中寫著字……

「就是『飛翔』的飛，『天神』的天。」

「哦哦，『飛天』。」

飛天。

因為在某部漫畫裡出現過的劍術名稱而廣受人知的兩個字——

「這就是仙女的稱呼喲。」

黑貓這麼告訴我。

「由來則是諸說紛紜——在日本大多描寫成『沒有翅膀，身纏彩衣飛在空中的女性』。」

「這樣啊。」

果然對於這種事情的知識相當豐富呢。

老闆娘像是要表示「一點都沒錯」一般笑著點頭。

「這座島上，有一個傳說是很久很久以前……身纏黑色彩衣的美麗『飛天大人』降落，並且授予人們智慧。即使到了現在，一到夏天時就會為了感謝『飛天大人』而在『犬槇神社』舉辦祭典。」

應該就是赤城他們現在幫忙的祭典吧。

似乎是叫做「飛天祭」。

「難道我們昨天去的神社……」

「好像就是奉祀仙女的喔。」

黑貓接著我的話繼續這麼說道。她以突然發現什麼的模樣……

「啊，不對，稍等一下。昨天我們去的神社，名字應該叫做『飛天神社』——難道是有兩間神社？」

黑貓的問題讓老闆娘露出感到不可思議的表情。

她表示島上的神社就只有「犬槙神社」，完全沒聽過什麼「飛天神社」。我和黑貓面面相覷了一陣子，但終究無法做出結論。

我們去的確實應該是「飛天神社」才對……

但是老闆娘卻說島上只有「犬槙神社」？

……奇怪了，這到底是怎麼回事。

嗯嗯……不是我們就是老闆娘弄錯了什麼。

或者是導覽看板有誤。

結果現在還是先保留結論，黑貓提出了另一個問題。

「那個……由『飛天大人』傳授的『智慧』是？」

「聽說是島上水源不足時，說服村民來拯救人柱，廣設儲水用的池塘。」

「說服？不是從天而降的女性常見的……以神力讓老天下雨之類的？」

「就我所聽過的傳說，祂似乎沒有這樣的能力。」

「…………以神的使者來說，有點太平凡了。」

啊，不小心說出來了。

結果老闆娘大笑著說：

「我想實際上應該不是神明的使者吧。是相當聰明的人士從別的地方來到這裡。」

「然後島民便將其視為仙女來祭拜。」

老闆娘點著頭說：

「據說這座島之所以不下雨，是因為周圍有許多山脈，雨雲無法來到這裡的緣故。因此就算再怎麼膜拜都沒有用，人柱也只會弄髒池水而已。應該不要靠神佛而是靠自己的力量。祂腳踩著島長，降下了大概是這種意思的旨意。」

「……那的確不像是神明使者會有的言行舉止。」

踩著人來做出命令什麼的，飛天大人還真是凶暴的仙女耶。

忍不住會猜疑，所謂的說服不會是物理上行為的吧。

糟糕，開始浮現桐乃纏繞著彩衣的模樣了。

「如果這個傳說是有作為原型的真實事件……那麼『仙女』只不過是隱喻……當時來到島上的……應該是另一種……具備武力的集團——……之類的。不對，現在做出如此現實的推論還太早了。再調查一下看看吧。」

「嗯，說得也是。」

黑貓她——

說過「也有以接近死神或者淫魔的形式流傳下來的仙女傳說」。

還有「從山上降臨」這樣的表現令人在意。

還呢喃著「會不會是外星人」。

她的表情看起來很開心。就是像這樣想著各種事情來創作故事的吧。

這個女孩應該打從內心喜歡不可思議的事情。

配合眾人製作美少女遊戲。這或許不是黑貓喜歡做的事情。

但是像這樣混進喜歡的事情後，或許就能成為開心的製作活動。

我只能希望是這樣了。

「……『飛天大人』在那之後……就永遠住在這個地方了嗎？」

黑貓一這麼問……

「據說祂從聖山回到天上去了。」

「……『回到天上』……呵……看來我的假說越來越有真實性了。」

看來……黑貓的腦袋裡逐漸傾向「飛天大人」＝外星人的說法了。

我們曬完衣服後就向老闆娘道謝並且從「三浦莊」出發。

目的地是從社長那裡聽說的鄉土資料館。

雖是如此，但我們並非直接前往，而是一邊在村子內觀光一邊前進。

黑貓換上平常那種哥德蘿莉風的服飾。宿營期間長達一週的話，在旅行中就不可能每天都穿同一件衣服。她熟悉的模樣是旅行這個非日常當中的日常。

「昨天的洋裝也很好看，不過這果然是黑貓的標準打扮啊。」

「……呵……我想也是。」

換上熟悉服裝的黑貓，感覺又變回平常那種個性了。

其實我也沒資格說別人，我昨天似乎也很緊張。

在陰涼處打開地圖後兩個人一起看了起來。

想拍照的地點有——

「商店街、港口、海岸、燈塔、資料館以及公所……大概是這樣吧。」

「公所？」

「裡面似乎有圖書室。可以用在『主角調查報紙內容的場景』。雖然可能沒辦法拍照，但是我想看看裡面。」

「OK。但不可能一天就繞完全部的景點，這邊的明天再去吧。」

「我沒有異議。那我們前往鄉土資料館吧。」

「嗯。然後在路上拍攝適合的街景吧。」

就這樣……兩個人走在萬里無雲的晴空底下。

能聽見的就只有熊蟬的聲音，路上完全看不見汽車。

偶爾會擦身而過的就只有可愛的野貓。

由於路上的行人實在太少了，腦袋裡頭就閃過——所有島民都消失，全世界只剩下我們兩個人的妄想。

在離島的宿營這種非日常當中，我可能逐漸受到黑貓的影響了。

但我不討厭這樣的改變。

最後我們終於來到目的地。

鄉土資料館似乎是由民房改裝而成，就建築物來說仍不足以稱為「館」。在敞開的玄關門旁邊有一塊空手道道場般的看板。

踏入館內可以看到一個像是櫃檯的空間，但是沒有任何人在。

「……可以隨便進去嗎？」

「也沒有標示入館費用，我想應該可以吧。如果不行，等到被追究再付款即可。」

今天的黑貓一直處於興奮狀態。

似乎是因為很中意從老闆娘那裡聽來的「仙女傳說」。

現在創作慾不停地湧出——應該是這樣吧。

「那我們走吧。」

館內不知道是刻意呈現老舊的模樣還是真的很破舊，總之模樣讓人不知道該如何判斷，整體來說略顯陰暗。

根據櫃檯的小冊子，這裡主要是展示「飛天祭」時使用的祭具，但是入口附近看不見這些物品。應該是放在更深處吧。

我們跟隨導覽看板的箭頭參觀館內。

有一些玻璃櫃沿著牆面放置，裡頭隨著解說文擺設了鋤頭、鐮刀以及脫穀機等等。看來是與農業相關的展示。並沒有什麼特別能引起我們興趣的東西。

繼續前進後是符合海島環境的漁業相關展示。像是船的模型與魚網等等。

這也不是我們的目的。

「小冊子裡寫的應該是這邊附近吧。」

下一個房間應該是跟「飛天大人」有關的物品吧，展示了古老的土器、石器類以及書籍。裝飾在中央的古老神轎，是祭典當中實際使用的物品嗎……

「學長，這個。」

「嗯。」

關於「仙女傳說」的解說記述在壁板上。

大致上看了一下，發現雖然跟剛才聽見的內容有很多重複的地方，但也記載了更加詳細的情報。

作為傳說來源的文書早已經散逸，是大約七百年前編纂的其他書籍裡，寫著「犬槇島的仙女傳說」作為引用——大概就是這樣。

雖然有許多似乎很快就會忘記的複雜內容，但黑貓好像覺得很有趣。從表情就能看出來。

「呵呵，有新的名詞出現了——就是『神隱』喲。」

「咦？有寫這個嗎？」

「嗯，這裡喲，這裡。」

像這種東西呢，都是以小字寫一大堆，眼睛看了都覺得很累。

我瞇起眼睛來追著文字，最後發現黑貓所說的內容。

我試著把重點挑出來。

——「飛天大人」回歸上天之後，山裡出現許多行蹤不明者。
——島民驚恐地將這種現象稱為「神隱」，建立神社來供奉「飛天大人」。
——之後出現許多認為該處有通往天國道路的人進入山裡。
——大多數人都沒有任何發現而回來，但是偶爾也會出現失蹤者。
——島民為了不讓小孩子入山而創作了童謠來告誡兒童（以下接歌詞）。
——戰後在年久失修的神社同址建立了新的神社。
——從那個時候開始，為了感謝「飛天大人」而開始舉行祭典。
——這就是犬槙神社與「飛天祭」的由來。
簡單來說就是這樣。
當然像這種傳說都是根據事實為基礎的創作就是了——
「那個……學長……『神隱』不知道現在還有沒有？」
「…………………」
我無法立刻回答，只能保持沉默。
原本應該和感到興奮的她一起興致勃勃地探討這件事才對。
但是我卻產生一股寒意。就跟鑽過鳥居的那個時候一樣。

——**日落怎麼這麼慢。**

——**真的都沒變暗耶。**

難道說……可能只是我想太多吧………

那個覺得像是永無止盡的傍晚——

「看來我們聯想到同樣的事情了。」

從思緒之海回歸之後，發現黑貓正窺看著我。

「逢魔時刻，我們……或許差點在不存在於現世的地點遭遇到『神隱』。」

「妳想太多了啦。」

「或許是吧。但也可能不是喲……呵呵。」

「妳看起來很開心耶。」

「是啊……我想像過好幾次如果自己遇見怪奇現象的話會怎麼樣了。」

結果現在可能成真了。

那當然會興奮不已。

「只不過，說起來有點複雜。就是在下意識中認為——不可能有什麼怪奇現象，才能感到期待。」

「妳的意思是？」

「我不能遭遇『神隱』而再也回不來。」

黑貓明確地這麼表示。根本不用問「為什麼」了。

因為她原本連一個星期都不想離開了。

「但即使如此，還是有想要親身體驗怪異的念頭。」

「哈哈，真的很複雜。」

「就是說啊。我也覺得自己很麻煩。」

「那麼，因為可能真的有『神隱』。調查時要小心一點喔。」

「嗯，就這麼辦。」

不做出「不存在」的判定。也不相信其「存在」。

在模稜兩可、適當的情況下，走在怪異現象旁邊。

離開鄉土資料館的我們，隨即前往飛天神社。這也是因為，今天早上聽老闆娘那麼說之後，我們的腦袋就一直很在意這件事情。

——這座島上不存在名為「飛天神社」的地點。

在資料館找到的也只有關於建立「犬槙神社」的經過。

但是我們確實到了「飛天神社」，並且在那裡遇見了您……

還是說，其實是我們搞錯了，昨天的神社並非「飛天神社」而是「犬槇神社」？這樣一切就說得過去了。

雖然說得過去……但是卻無法接受。

「是不是從這邊附近轉彎的啊？」

走在旁邊的黑貓這麼表示。我停下腳步環視周圍。

「嗯……哦……好像是喔。昨天傍晚是從另一邊走過來，所以很難辨別。當時是這樣的景色嗎？」

「印象確實不一樣。但是就地址來看應該沒有錯？」

「唔嗯……稍等一下。」

跟昨天傍晚一樣，攤開地圖兩個人一起看著。

那個時候仔細確認過了……島上只有一個神社的標誌。

然後現在位置是在「三浦莊」的北側——這也就表示，黑貓說的沒有錯。

我們現在跟昨天相反，是從北邊往南一路走過來……

「從這邊看看吧。」

將身體一八〇度迴轉，用跟昨天傍晚同樣的角度看著街景。

試著在記憶當中比較兩個景色——

「啊，是不是那個轉角？妳看，昨天來的時候那邊有蕎麥麵店對吧？」

「是啊。」

黑貓踩著慎重的腳步靠近轉角……

然後丟出一句：

「……沒有導覽看板。」

「咦？啊——真的耶。是收起來了嗎？」

昨天這個轉角豎立著一塊寫著「飛天神社」的破舊看板。

應該是整個插在土壤的地面而豎立著才對。

現在不見了。也看不到插過東西的痕跡。

「…………」

「…………」

兩個人僵住好一陣子，並且保持著沉默，然後才……

「繼續前進吧。」

「……也只能這樣了。」

踩著沉重的腳步開始行動。

之後的路程就跟昨天傍晚完全一樣。

爬上坡道，走在鋪設砂石的行人步道上來到長長的石梯。

路途中也順便用跟昨天同樣的角度拍攝照片。

也需要白天的景色作為資料吧。

——啊，好像快想到什麼了。

某種靈感就快要在腦袋裡成形……

「學長，爬上石梯到神社去看看吧。」

被黑貓這麼搭話，我的靈感霎時煙消雲散。

「要不要我一個人上去就好？妳的腿部肌肉很痠痛吧？」

「……我……完全沒提到這種事。」

「不用說我也知道啦。」

男生社員之中稍微運動不足的傢伙們，早上都軟弱地表示肌肉痠痛——我就想黑貓說不定也是這樣。

「……我也去吧。如果不是偶然或是弄錯了……感覺階梯前方就有不可解現象的答案。」

「是這麼說沒錯。但是妳的腳不停發抖，真的不要緊嗎？」

「學長，你把嚴肅的氣氛全破壞光了。」

黑貓側眼瞪我。

然後凜然以嚴肅表情說：

「要是問我要不要緊，那當然是要緊啦。腳僵硬得跟木棍一樣。」

「看吧。」

「但還是只能去一趟吧。我感到非常在意，而且……………」

「而且？」

「機靈點好嗎？」

她紅著臉別過頭去。

哈哈…………是害怕自己一個人被留下來嗎？

黑貓這個傢伙明明很喜歡超自然事件，但是膽子卻又很小。

「那我們慢慢走吧。」

我們一邊進行跟昨天類似的對話一邊爬上石梯。

之所以覺得比昨天還累，應該是從正上方降下的日光所致。

那是令人想起夏Comi的酷熱。

「話說回來，已經中午了嗎……」

「……感覺時間的經過也比昨天還要快。」

「真要說的話…………是昨天……太慢了一點。」

一邊喘息一邊爬著石梯。最後終於爬完石梯的我們……

「……………………」

「……………………」

因為比剛才更加強烈的衝擊而說不出話來。

不只是看板消失了。

爬完石梯的前方沒有「飛天神社」。

「……真的假的？」

昨天傍晚看見的簡樸鳥居、狹窄境內、小小的神社全都消失了。

只有悠從上面摔下來的樹木，跟逢魔時刻的記憶一致。

取而代之的是「犬槙神社」。

塗著鮮豔顏色的雄偉鳥居上刻著神社的名稱。

寬廣的境內，男生社員們正在幫忙掛上燈籠裝飾。

發現我們的赤城，隨即用毛巾擦拭臉龐並且靠了過來……

「哦，高坂、五更學妹，怎麼了嗎？」

雖然對我們搭話——

我和黑貓卻都無法好好地回答。

因為仍然無法理解發生什麼事情。

這時候……

「啊，對了，照片——」

消失的靈機再次回歸，我急忙開始確認數位相機。

觀看昨天傍晚在「飛天神社」所拍攝的照片——

「……消失了。」

一切都無法理解。唯一一件清楚知道的事情就是……

……看來所有神社的照片都得重拍了。

終於從劇烈動搖當中重新起動的我們，離開犬槇神社後來到商店街。

上午預定要完成的「工作」結束了，由於體力上與精神上都相當疲憊，所以就思考著要找一家店來休息一下。

但是…………

簡單來說就是很荒涼。甚至可以說沒有營業的店還比較多。

拱門處還能看見「犬槇銀座」這樣的文字，難道這就是商店街的官方名稱嗎？

怎麼說都太自大了吧。

還是跟東京都道歉比較好。

「這座島上真的沒有便利商店耶。」

「偏鄉都是這樣吧。會是很棒的取材喲。」

「嗯……這下頭痛了。沒想到連速食店和咖啡廳都沒有……」

這座島上的年輕人是怎麼活下去的呢？

當我想著這種失禮的事情，黑貓就輕輕拍了一下我的手臂，然後指著前方說：

「學長，當你這麼說的時候，被我發現了——有咖啡廳喲。」

那不是常見的連鎖店，似乎是個人經營的咖啡廳。

看起來是間與沒落的商店街格格不入的高雅店鋪。從像是磚瓦的牆面上巨大的窗戶可以看見店內的模樣。器具與照明都相當講究，微暗的內部散發出神祕的氣氛。

很像奇幻世界裡的魔法屋，感覺黑貓應該會喜歡。

「似乎是很不錯的店。我們進去吧。」

「嗯。」

打開門後傳出清脆的鈴聲。

「歡迎光臨。」應該是店主人的女性聲音對我們搭話。

帶領我們到位子上後，我就和黑貓面對面坐下。由於要在「三浦莊」吃午餐，我們就只點了飲料。裡面的冷氣相當強，可以感覺到全身的汗水正在消失。

「呼……終於舒服多了。」

我大口喝著冰水，然後用手對著臉搧風。

看見從酷暑中解放出來而開心不已的我，黑貓便苦笑著說：

「店家這麼少的話，很難找到地方休息呢。」

「就是啊。」

就算想在涼爽的地點休息，也沒有這種地方。

就像在沒有回復點的迷宮裡探險一樣。

——等等，我又做出很有黑貓風格的比喻了。

由於進入冷氣房後冷靜下來了，便稍微整理目前的狀況。

也就是「飛天神社」變成「犬槙神社」這件事。

和黑貓談過之後，確定我們確實走過跟昨天相同的道路，抵達了同一間神社。但是出現在眼前的卻不是「飛天神社」而是「犬槙神社」。

而證實「飛天神社」存在的照片又不知不覺間消失了。

我們體驗的不可思議事件，真的是怪奇現象嗎？

老實說，我覺得根本無所謂。

重要的是——

「學長，願意聽聽我的考察嗎？」

她像現在這樣露出開心的模樣。

當我跟黑貓談笑了一陣子（主要是關於我們遭遇的怪奇現象），點的冰咖啡就送了上來。

兩人為了喝飲料而暫時中斷對話——

「…………………………」

「…………………………」

意義深遠的沉默橫跨在我們之間。

……到了這個時候才注意到這件事。

兩個人一起在街上散步，然後到咖啡廳裡休息的狀況。

似乎、似乎……嗚……！

超像約會的吧？

而且還不是普通的約會。

是在離家很遠，四面環海的島嶼。

我們睡在同一個屋簷下，從早就吃同一鍋飯。

上午也一直在一起到陌生的地方觀光。
這實質上可以說是「外宿旅行」了吧！
本來的話！這是戀人，而且是相當親密的關係才能做的事情吧！
但是昨天晚上，我們明明連交往都沒有，就背靠著背泡露天浴池，然後直接聊起天來，還
看到她剛泡完澡的模樣……
啊啊啊啊啊……
昨夜內心的疙瘩睡了一晚後得以重置，但現在又重新浮現了。
啊～可惡。
因為不是熟悉的日常，因為處於非日常當中，所以整個亂了套。
我現在可能正在體驗校外教學時容易產生情侶的理由。
「…………………」
我呆呆地望著她的臉龐。
不知不覺間，咖啡只剩下冰塊了。
即使吸著吸管也喝不到任何飲料，我才終於注意到這件事。
「……那……那個……」
結果是由她率先打破沉默，主動開口對我搭話。

焦躁的口吻，或許是因為想著跟我差不多的事情吧。

「呃……嗯……什麼事？」

「你……………看看那個。」

嗯？看什麼？

我順著黑貓的視線看過去。

結果在最裡面的座位發現了奇妙的人物。

對方穿著漆黑連帽斗篷。帽子整個拉下來而看不見容貌。

桌子上放著壘球大小的水晶球與塔羅牌。

這些東西旁邊則放置著寫了「占卜　一百圓」的牌子。

「那是占卜師嗎？」

「好像是呢。」

應該是在幫坐在對面的女性占卜吧。

他——或者是她——將兩手放在水晶球上方，似乎正在進行著對話。

「哇……嗯，觀光地的話，住宿設施有時候會有占卜師嘛。」

那個人大概也是這樣吧。等等，不對喔，這座島不是什麼觀光地啊。

雖然因為店家的懸疑氛圍而減少了不對勁的感覺，但這依然是相當不可思議的光景。

我雖然沒有繼續思考下去……

「學長，你仔細看……那件衣服……」

黑貓卻做出要我繼續注視對方的指示。

「那件連帽斗篷怎——」

本來是要說「怎麼了嗎」。

但話說到一半就停了下來。

因為有種似曾相識的感覺。

咦……？好像在哪看過……？是什麼時候在什麼地方呢……

應該是最近……而且是這次的宿營才剛開始——

——**看仔細了學長，這就是我親手創造出來的魔道具。**

「那不是屍靈術師的黑衣嗎！」

一發現到這件事，我便大聲說出答案。

沒錯。

不是很相似的服裝。我不認為能夠偶然連續遭遇穿著那種瘋狂服裝的傢伙。何況那也不是

成衣。

那果然是……黑貓在新幹線對我炫耀的那件黑色連帽斗篷。

「果然看得出來嗎？」

「嗯……但這是怎麼回事？妳那件糟糕的服裝……」

「……我的魔道具……借給某個人物了。」

「咦？」

不理會我感到困惑的聲音，黑貓無聲地站起來，大步往前走去。

目標是「謎樣人物」。

「呃，喂……」

我也急忙從後面追上去。

或許是占卜結束了吧，女客人從「謎樣人物」面前離開。

黑貓則取代該名客人站到占卜師身邊，「呼……」一聲呼出一口氣後……

開口說了句「真巧啊」向對方搭話。

我窺探黑貓的臉龐，接著將視線移向該人物。

結果可疑的占卜師就「啪」一聲拿下帽子，露出美麗的容顏。

然後直接對我們揮手……

「哈囉，黑貓、京介♪」
「悠！」
我叫出該名女性的名字。
「妳──在這裡做什麼啊？」
我茫然張開嘴巴並這麼問道。
「咦？看也知道吧~？打工啊。」
「不對，看了還是不知道。疑問一大堆。首先是什麼打工。」
「我在這家店負責打雜和幫忙占卜。嘻嘻，我很準的喲。」
悠以謎樣的耍帥動作來說出這樣的話。
嗯嗯……？今天早上……這傢伙確實說過「上午要打工」。
這也就是說，昨天就已經跟店長敲定了嗎……
對方允許他在店內從事占卜這種可疑的商業活動……
這傢伙交際的手腕也太厲害了吧？是職業間諜之類的嗎？
原本就是充滿謎團的傢伙，想不到隨著時間經過，謎團也越來越多了。
「呵……看來我的魔道具立刻發揮功效了。」
「嗯，哎呀~真的幫了我一個大忙。占卜時的外表真的很重要！能夠入手完全合適的服裝真是太幸運了！店裡面絕對不可能賣這種可疑的正統斗篷！」

聽著兩人對話的我感到不可思議時，黑貓就告訴我說：

「昨天晚上她說要在打工的地方占卜，所以我才把能派上用場的衣服借給她。」

「是這樣啊。」

黑貓這傢伙真的對悠很親切。

一般來說，是不會把自己縫製的心愛衣物借給別人的吧。

平常的黑貓甚至不會出現這種念頭。

……黑貓從昨天開始就一直很照顧悠。

很不可思議的是，我能懂黑貓的心情。

不知道該說悠就是莫名想讓人溫柔以待，還是沒辦法丟下她不管。

性格上來說，我和黑貓應該都不是那麼親切的人。

「話說回來，妳真的滿厲害對吧？」

「哦，妳也懂嗎？」

「嗯，因為我自己也在學……觀察了妳剛才的占卜，可以知道是以極為洗鍊的技術與知識作為根據。當然，也比我厲害喲。」

哇，是這樣嗎？喜歡超自然的黑貓都這麼說了，那應該就沒錯了吧。

「嗯，理應有這樣的感想啦。」

悠被黑貓稱讚後就笑了起來。

從這種反應就知道她應該頗有自信。

「占卜是姊姊教我的。嗯……沒想到這種時候會派上用場……人生真的不知道會發生什麼事情……」

「雖然這不像我會說的話……但我似乎跟妳的姊姊很合得來。」

「啊……我真的這麼認為。我姊姊的個性真的超級麻煩……但是一定，不對，是絕對能跟黑貓成為朋友。她不在這裡真的很可惜。」

竟然能如此肯定。和黑貓合得來的傢伙可是相當稀有喔。

她的姊姊也擅長占卜的話……該不會也喜歡超自然，或是罹患中二病吧？

「好棒的姊姊。」

「那可不一定喲。老實說，那個妹控的姊姊真的很煩人。不過，嗯，到這裡來之後……稍微～覺得可以感謝一下姊姊了……嘻嘻，有點複雜對吧。」

想不到她竟然說出跟我一樣的話。

我懂她的心情。有個讓人火大的兄弟姊妹，總是會讓人認不住想這麼抱怨。

悠把手掌朝上之後對我們伸過來。

「啊，兩位坐下吧。受到你們的照顧，我免費幫你們占卜吧。」

「哦，真的可以嗎？」

我乖乖坐到悠的對面。黑貓猶豫了一下後也在我旁邊坐下。

目前是隔著桌子與悠對面而坐的形式。

「當然可以了。嗯……戀愛占卜可以吧？」

「咦？可——……可以喲。」

「呃，喂……黑貓……」

「遊戲嘛。反正只是遊戲，沒有其他意思。」

「呃，喔……這樣啊……那好吧……」

「京介，你很沒主見耶。」

悠發出輕笑。

「吵死了！妳別管啦！」

「嘻嘻，那麼就讓我來幫你們占卜吧！要開始嘍。」

悠以完全感覺不到懸疑氣氛的聲音說道，同時將雙手放在水晶球上。

喔喔……可以看見水晶球發出朦朧的光芒。

「欸，這個裡面裝了燈泡嗎？」

我以輕鬆的語氣對黑貓這麼搭話……

「……？你在說什麼？」

「咦，沒有啦，這顆球——」

「——看到嘍。」

您的聲音像是要打斷我們的閒聊般響起。

剛才的對話也因此而沒有下文。

不知道是否占卜師的話術，您的聲音明明很小，卻有強迫人傾聽的力量。

應該是早就準備好在斗篷裡面了吧——這時候她拿出素描簿，單手將其打開……

「我用圖畫來顯示結果吧。」

鉛筆迅速地移動著。我們這邊雖然看不見，但可以知道她應該以很快的速度在畫畫。不久後她就放下筆來。

「好了！完成了！」

她對我們遞出打開的素描簿。

「喔喔……很厲害嘛。」

「妳真的很多才多藝……等等，這是……」

也難怪黑貓會感到驚訝。該處畫的很明顯是我們兩個人。

而且其內容是……
穿著燕尾服的我和穿著婚紗的黑貓並肩站在一起……
「妳……妳這傢伙！」
「嘻嘻，好像有這種感覺的未來在等待著兩位喲。不知道是否滿意呢，客人～？」
「是……是為了調侃我們才畫的吧！」
臉好燙。最近我和黑貓之間的關係經常被取笑——但這次真的太誇張了！
我已經羞到沒辦法看黑貓的臉！
「討厭啦，這事關我身為占卜師的尊嚴，可不能被你說是謊言喔。這真的是——兩位未來的其中一種可能性。」
「……妳是說也有不會變成這樣的可能性？」
「那是當然了。」
面對黑貓的問題，悠立刻這麼回答。結果她不知道為什麼就瞇著眼睛看我。
「京介的個性很容易劈腿——我也看到許多他跟其他女孩子結婚的未來喲。」
「……哦……是這樣啊。」
「這占卜太爛了吧！」
為什麼我得因為根本還沒做的事情而受到指責呢！

竟然連黑貓都用白眼看我了！咕唔唔……

「說起來，如果我結婚的話就一定不會外遇啦！」

「真的嗎～？不會跟妹妹兩個人一起去旅行？」

「妳怎麼知道我有妹妹！」

「我是占卜師。」

哦，這樣啊！妳倒是很準嘛！

「京介的妹妹是個超級美女，而且身材又好，幾乎在大部分的未來都會成為人氣模特兒。雖然也看到以運動員身分獲得成功的未來……嗚哇，是一道很窄的門呢。必須有很好的機緣，加上本人拚死的努力才終於會出現這種可能性……」

「…………唔……喔。」

因為她不斷說出「似乎可能實現的未來」，讓我不由得心跳加快。

看見黑貓驚訝的模樣，可以知道她應該沒有洩漏關於桐乃的情報。

這麼說……這傢伙……不會真的是神準的占卜師吧。

這可不是用冷讀術就能做到的事情。

悠再次對我問道：

「那麼……京介你不會跟那個超級美女的妹妹外遇嗎？」

「怎麼可能啊！」

別說那麼噁心的話好嗎！

「不會跟妹妹一起去旅行？」

「這我就不知道了。」

「等一下，學長？為什麼不否定呢？」

「沒有啦，如果她又找我做人生諮詢什麼的……也可能發生這種事吧？」

「……唉……對喔……你這個人……很容易就能想像得到。」

為什麼垂下肩膀……露出那麼沮喪的模樣我也很困擾耶……

看見這樣的我們後，悠露出有些尷尬的笑容……

「……黑貓……辛苦妳了。」

「他就是這種人……我習慣了。」

可不可以不要把我當成加深妳們羈絆的材料啊。

「那麼——這張畫就送給你們。」

「……之後再給我吧。現在拿的話，很可能會摺到。」

「好好好。那就到民宿再拿吧。」

悠迅速收起素描簿。

我為了改變自己是劈腿慣犯的話題而開始稱讚起您。

「話說回來……妳真的很了不起。雖然不知道剛才的占卜到底準不準……但真的很有趣。會覺得難怪能夠收錢。口條真的很流暢，不愧是職業級的。」

「社交手腕如此高明，一點都不像跟我同年。」

啊，黑貓已經知道您的年紀了。

這也就是說，您是十六歲？

「妳還是學生吧？」

「當然了。不過～應該說很習慣這種在身無分文的情況下被丟出來的狀況了……啊，很在意嗎～？對於在旅行時遇見的神祕美少女的成長史有興趣？」

別自稱神祕美少女啦。

「不至於沒有興趣啦，不過妳還在打工吧？」

「哎呀，對喔！店長～我可以下班了嗎——？」

您站起來揚聲這麼說道。跟隨她的視線看去，發現戴眼鏡的女店長笑著比出ＯＫ的手勢。

「謝謝您！所以呢——我打工結束了。可以省去會合的時間嘍！」

「話說回來，有說好要交換『島嶼傳說』的情報嘛。那剛剛好，我們也有事情要找妳商量。」

「是嗎？那要直接在這裡談嗎？」
「是可以，不過妳也要點東西。因為妳現在是客人了。」
「啊，對喔。」
最近黑貓真的很像姊姊。
實際上她確實是五更家的長女。和悠看起來就像姊妹一樣。
等待悠點的冰咖啡送上來之後就進入主題。率先開口的人是黑貓。
「那麼……悠，狀況跟今天早上又不一樣了。」
「嗯，你們都說——想要跟我商量了。我知道應該發生什麼事情了。」
「雖然不知道妳會不會相信這種事……」
我也事先做出叮嚀。因為光是說「我們相遇的神社消失了」，對方聽起來也只會覺得我在開玩笑吧。
「啊，等等。兩位不趕時間的話，在進入主題之前，還是先聊一下我的事情比較好吧？因為你們很感興趣嘛。」
由於她明顯一副「希望你們聽」的模樣，我必須費盡心思才能壓抑下想竊笑的心情。黑貓也臉帶微笑然後如此回應。
「嗯，告訴我們關於妳的事情吧。」

「嗯！哎呀，那個，為什麼至今為止我都像是要吊胃口般隱藏著自己的事情呢？我一直在猶豫該如何說明才好。因為沒有證據，也沒有自信老實說出來能夠讓你們相信。」

悠說出跟我類似的開場白。

她接下來似乎也要說難以相信的事情。

「……呵……這樣啊，妳果然——……是這麼回事嗎？」

黑貓以凜然的聲音與表情，做出像是什麼都了解的發言。

其實我從很開心的氣氛，大概能夠理解她在想些什麼，不過還是先無視。

「繼續說吧。無論妳要說多麼荒唐無稽的事情，至少我可以發誓不會笑妳。」

「是啊。我也不會取笑妳喔。」

「謝謝……那我要說嘍。」

悠像是要讓心情冷靜下來一樣深呼吸——

「其實我……是從未來過來的。」

她如此告白。

「…………………」

「…………………………」

聽她這麼說完，我們就一起陷入沉默。

「……妳——…………」

黑貓率先開口。以茫然的表情……

「……不是外星人嗎？」

「嗯，我就覺得妳應該會這麼認為。」

因為從言行舉止之間不停散發出這種訊息了。

「……咦，嗚咿……？完全出乎意料的反應……」

連告白的悠都露出茫然的表情。

「那個，呃～……？那麼……妳是相信我嘍？」

「咦？啊——稍等一下。我正在整理自己的情緒。」

黑貓開始以感到困擾的表情碎碎唸起來。

「……如……如果表示是外星人的話，我就打算接受了……竟然是未來人…………怎麼會

……我完美的考察出錯了嗎……？」

相當煩惱（跟悠所擔心的完全不同的理由）的黑貓，最後像是豁出去了一樣抬起頭來，說出簡短的一句：

「就信妳吧。」

「真的嗎？」

「嗯，真的喲……嗯，不論是外星人還是未來人，以不可能的程度來說其實差不了多少。而且——老實說，相信妳才比較有趣……這麼說讓妳不高興了？」

「不！沒這回事！」

悠猛烈地搖著頭。

「黑貓，謝謝妳願意相信我！」

悠以雙手包住黑貓的手並且上下搖動。

黑貓雖然感到困惑也還是露出害臊的模樣。這時悠把視線移向我……

「京介呢？你相信我說的嗎？」

「我說過不嘲笑妳，可沒說過相信妳喔。」

應該說，這實在太超乎常軌了。

一般來看，這只是離家出走的少女隨便說來敷衍別人的藉口。

嗯，不過我剛剛才有了不可思議的體驗。

接下來我們也要跟悠提到「難以相信的事情」。

而且她還幫我們做了似乎很準的占卜，讓我的常識出現了動搖——

但是我實在無法像黑貓一樣，立刻就說「完全相信妳」，因為這樣就是在說謊了。

「所以……」

「所以？」

如果桐乃跟現在的悠一樣跑來找我商量這件事的話。

我一定會這麼回答。

「我會裝成相信妳。」

「嗯嗯？那是什麼意思……？」

「雖然不相信，但是會以相信一般的態度來面對妳。」

「那和相信我有什麼不一樣？」

「不用對妳說謊。」

「…………這……樣啊。」

悠低下頭去。

「不滿意嗎？」

「不會……跟不相信卻表示『相信』相比，這樣誠實多了。你是個很正直的人。」

「沒有啦，只是不想做讓自己不開心的事情而已——」

實在不習慣被人如此直截了當地稱讚。我像是要把事情帶過般乾咳一聲……

然後說著「嗯，總而言之……」把話題拉回來。

「這就是我們兩個人的立場。」

我是「裝出相信的樣子」，黑貓則是「相信」。

在這個前提下，悠還有話想說吧？

以動作催促她之後，她便露出靦腆的表情。

「謝謝。」

此時的我……對於能讓她露出這種表情的自己感到相當得意。

「那我繼續嘍……嗯嗯……首先從到目前為止的經過開始吧——我是跟家人一起到犬槇島來旅行。」

「跟家人一起來這個什麼都沒有的地方旅行？妳所在的未來，這裡已經有了一定的發展了嗎？」

聽見黑貓的吐嘈，悠就露出有些抽搐的笑容……

「未來也什麼都沒有喔。沒有啦，這裡對我的父母來說似乎是『重要的回憶之地』。本來是要讓他們夫妻自己去度個小蜜月——笨……姊姊很不識相地說『那裡有令人很感興趣的傳說，我也要去』。」

妳這傢伙，剛才好像要說姊姊是笨蛋喔？

「妳的姊姊……喜歡超自然的事物對吧。」

「是啊。那個人有很多無謂的知識。但是因為完全沒有靈感，所以常會做些危險的事。像是衝進恐怖的鬧鬼地點差點被惡靈附身，說什麼要靈修而一個人跑去登山，然後以半吊子儀式召喚來髒東西，因為是個笨蛋，只要我一個不注意就會自己找死。真的是個笨蛋姊姊！」

講話的速度也太快了吧！就像在抱怨自己公司的社會人士一樣。

「這……這樣啊……但是，虧她能夠一路存活下來耶。」

「都是我！每次！都要幫她擦屁股啊～～～～～～～～！」

悠的眼睛變成><狀並且全力如此訴求著。

「我明明不是魔鬼剋星、除魔師或者巫女，卻一直一直一直一直都是我代替姊姊受到各種苦難！只不過是靈感比一般人強一點點而已！我明明是個很普通的可愛女孩子！對於與超自然相關事件的對應能力卻不斷不斷不斷提升，太可惡了！」

悠大口喝下冰咖啡。

妳是喝悶酒的上班族嗎？看來是累積了不少怨恨。

「咚」一聲用力把杯子放到桌上……

「對於我這樣的境遇，黑貓妳有什麼感想呢！」

「咦？那個……我也想要有個像妳這樣的妹妹。」

「是同類嗎！」

快哭出來的她嚴厲地指著黑貓的臉……

「嗚嗚……這裡竟然也有笨蛋姊姊的同類！」

「呃，喂……怎麼辦啦，黑貓？她哭了喔。」

「……我有什麼辦法。我說您啊……」

「……嗚嗚……什麼事？」

「話才說到一半吧。好不容易開始變有趣了，等妳把話說完後再痛哭吧。」

「竟然說出跟姊姊一字不差的台詞——！」

這下就連我都覺得過分了。

桐乃也是這樣，御宅族只要跟自己喜歡的事物扯上關係就會變得很任性。

「黑貓，妳還是道歉比較好。」

「……好……好吧……對不起。剛才的話太粗神經了。」

「……嗚嗚……我才應該道歉……一不小心就腦充血了。」

悠的臉頰都變紅了。我看這傢伙原本也不想如此激動吧。

我懂她的心情。我只要一開始抱怨妹妹，就會忍不住變成這樣。

「那麼，嗯……剛才說到哪裡了？」

「說到妳的姊姊在超自然方面是個大麻煩，妳因此老是受到她的牽連喲。」

「對對對，就是這樣——在這樣的姊姊要求下，我們姊妹也跟雙親一起去旅行。目的地就是這座擁有『神隱』傳說的島嶼。」

……就是這樣扯上關係的嗎？

看來在未來世界，犬槙島的傳說依然保存了下來。

「我太了解姊姊了，放著她不管的話，一定會因為遭遇『神隱』而死。所以我才會心不甘情不願地跟過來。然後我們兩個人一起逛島嶼……在調查傳說時……姊姊說出非常不三不四的話……你們覺得是什麼話？」

「是不是『我們去遭遇神隱吧』或者『想到異世界去看看』。」

「好厲害！猜對了！妳怎麼知道？」

「看來妳姊姊的思考方式跟我十分相像……所以我就想像自己會怎麼說。如果不是有無法亂來的理由……我一定會那麼說吧。」

「我們剛才也去詢問傳說的事情，還去資料館調查過情報了。」

「……哦哦，所以才……」

悠像是可以理解般摩擦著下巴。接著又注視著黑貓……

「不過，異世界是怎麼回事？在這座島上怎麼逛都沒有出現這個單字耶？」

「是都市傳說喲。」

黑貓簡短地回答。

「網路上有『能從犬槙島前往異世界』的謠言。妳姊姊的話應該知道才對。就跟我一樣。『神隱』跟『異世界』兩個單字湊在一起時，當然就會這麼想吧。」

——遭遇「神隱」者，應該是到異世界去了吧。

——「飛天大人」該不會是異世界的人吧。

「正確答案。正如妳所說的，我姊姊她就是這麼想。」

悠緩緩拍起手來。

「不過，黑貓……明明有這麼多情報了，妳還是認為我是外星人對吧？這是為什麼？」

「因為妳的名字跟我接下來要創作的外星人女角一樣。」

正確來說是「想要設定成外星人的女角」。

「啊，原來如此！受到我的假名影響——所以想到那邊去了嗎？哎呀，我沒想到有這種效果。不過，這樣我就能接受了。」

「大刺刺地承認是『假名』了嗎？」

「嗯，是假名。本名——是．祕．密♡」

悠對著露出傻眼表情的我露出燦爛笑容。

黑貓瞇起眼睛來敘述自己的想法。

「……妳認識未來的我吧？」

正因為認識黑貓，才會用「槇島悠」這個假名。

悠猶豫了好一陣子該如何回答……

「……答對了。嘻嘻，我現在有種懸疑劇內犯人的心情……回到原本的話題吧。姊姊說了『去遭遇神隱然後到異世界去吧』。動機是『似乎很有趣』、『因為我有興趣』、『對非日常有所憧憬』──就跟平常一樣喔。」

聽見悠隨口說出「姊姊的動機」後，黑貓用力深深點了一下頭。

她應該相當認同對方吧。

「那麼，具體來說妳們做了什麼？就算我獲得了相同的情報，也不知道之後該如何才能遭遇『神隱』。」

「你知道『如月車站』嗎？」

「？妳說什麼？」

面對從腦袋上方浮現問號的我，黑貓開口表示：

「『如月車站』是源自網路的都市傳說喲。搭乘電車時，不知不覺間就闖進了『如月車站』這個現實世界不存在的車站──就是這樣的內容。」

「對對對，就是那個。」

悠像是要表示「妳真懂我」般以裝可愛的動作表達喜悅。

「像這種『莫名闖入異世界』，可以說是都市傳說常見的內容了。其中甚至還描述了去異世界的具體方法與順序……像是電梯啦、躲貓貓啦還有睡前的儀式之類的，你懂吧。」

我哪可能懂。

完全不知道啦。看向應該知道的黑貓，發現她的眼睛正閃閃發亮。

「學長，『犬槇島的異世界譚』也是同類型的都市傳說。在島內於特定時間、地點進行特定的行動，最後再鑽過神社的鳥居。如此一來就能前往異世界……內容就是這樣。」

「和我知道的都市傳說在內容上有些微的差異。從姊姊那裡聽來的是…………鑽過鳥居就能到『隱藏的神社』去──」

「──！」

「……什……什麼？怎麼了？」

面對臉部突然繃緊的我們，悠一臉擔心地問道。

我們先是面面相覷，然後互相點頭。接著由黑貓來負責發言。

「我們剛剛才有了奇妙的體驗──」

「……這樣啊……我就是在那裡首次遇見你們的嘛。」

聽完黑貓的敘述後，悠以意外冷靜的模樣表示：

「我想黑貓應該知道，以『犬槙神社』為中心，在八方舉行『某種儀式』就是網路上所寫的順序。但是姊姊很高興地追加了某種行動——她在引起超自然麻煩方面是內行人，早知道就該多多警告她才對。」

悠說出自己該反省的地方。

「……結束程序，來到鳥居的時候…………我就有非常不妙的預感了。因為跟事先在網路上調查所看到的『犬槙神社』完全不一樣。」

「……『飛天神社』。」

黑貓這麼呢喃。悠點了點頭……

「就是遇見你們的那間神社。太陽原本還很高，結果天空不知不覺間就變成傍晚，而且沒有其他人的氣息，後頸附近像被電到一樣……當時我就覺得這樣真的不太妙。氛圍比我之前差點死掉的受詛咒的廢墟還要恐怖好幾倍。」

這傢伙累積了不少類似戰鬥漫畫主角的經驗耶。

「但是我們家的姊姊卻完全不清楚我的擔心。她是恐怖電影裡通常會最先死亡的怪力笨蛋。我拚命阻止姊姊了喔。跟她說很危險並且勸她回頭，也告訴她絕對不能鑽過鳥居。但是卻造成反效果，那傢伙超興奮地說『這絕對就是隱藏的神社』，完全不聽我的勸告──……」

「……最後怎麼樣？」

黑貓一這麼問，悠就露出宛如邪惡魔法師的笑容。

像在扮演某個人般──

「『這樣啊。這麼擔心我的話，那妳就先鑽過去吧』，她這麼說完就把我朝鳥居推過去！然後我突然一陣頭暈目眩──」

回過神來已經孤單地站在空無一人的境內。

「妳的姊姊也太爛了吧。」

「對吧！對吧！就是『這傢伙又幹了好事～～～』的感覺！」

我直率的感想獲得了悠的贊同。

搞什麼啊，怎麼有這種把黑貓和桐乃的缺點綜合起來般的女人。太恐怖了吧。

「啊！但是！有時候！應該說非常偶爾！也會有可愛和很棒的地方。直接見面你就會知道了！」

由於她開始以有點發飆的態度擁護自己的姊姊，我便老實地道歉。

「抱歉，我不應該如此批評沒有見過面的人。」

「沒……沒關係！我才應該道歉，明明提起這個話題的是我……」

「在精采處中斷了讓我真的很在意，之後怎麼樣了？」

「啊，嗯。那個……回頭一看姊姊已經消失……我便急忙想要找她。將境內找遍了，也打開神社的門扉，但是到處都找不到姊姊。」

「……唔嗯……在那個時間點之前，妳都以為只是『姊姊離開了』？」

「是啊。因為只是頭暈目眩，沒有自己移動了的感覺。周圍的景色也沒有變化……是又過了一陣子發現無法聯絡到雙親時，才想到『是我移動了的可能性』。於是我就下山造訪附近的民家。在那裡借電話打給雙親。但是電話打不通……覺得有這種可能性而請對方給我看報紙之後——」

「就發現是過去的日期。」

「嗯。」

「時間旅行故事常見的行動……不過，妳的……行動力真的很驚人。」

「會……會嗎？」

嗯，以黑貓為基準的話確實會有這種感想。

如果是這個傢伙，應該無法造訪民家收集情報吧。

但是，實際上國高中的女生，應該沒辦法如此流暢地採取最適合的行動。

我也沒有自信能做出跟悠一樣的行動。

「託姊姊的福，我早就習慣這樣的危機了……當然『回到過去』還是首次的體驗啦。」

「和我們相遇是……」

「在那之後立刻就遇見你們了。再次調查境內，果然還是找不到姊姊——認為應該會花不少時間的我就決定先確保『衣．食．住』。所以想抓住能換錢的昆蟲。爬到樹上時，看見您——兩位的模樣，因為產生動搖而滑了一下。」

「就掉下來了嗎？」

「啊嗚，那個時候真是給您添麻煩了……」

感覺從不自然的台詞途中就變成尊敬的口吻，算了吧。繼續聽下去好了。

「沒有啦，那沒什麼。應該說是我賺到了。」

「哇哇……真是的，大色狼。京介真是變態♪」

悠像要調侃我一樣用手指指著我。嘴裡雖然這麼說，臉頰卻是染上了紅色。

不可思議的是，即使看見那種帶著情色感的可愛臉龐，我的心跳也沒有加快。

倒是剛才的說明，如果先把極為驚人的要素放到一邊，聽起來是合乎邏輯。

但總覺得有點不對勁。就是悠產生動搖而滑落這個部分。

即使身陷異常事態依然像個身經百戰的老兵般淡淡地採取最佳行動的悠，為什麼會因為我們出現這點小事而動搖呢？

以失手滑落的理由來說，似乎太過薄弱了。

即使加入悠她「認識未來的黑貓」這個條件來考慮，感覺仍有不足之處。

「來整理一下吧。雖然混雜了臆測……」

黑貓依序豎起手指說：

「第一，我們相遇的『飛天神社』是像『如月車站』那種『應該不存在的地點』。第二，『飛天神社』是跟悠的時間移動有很深關聯的地方。第三，『隱藏的神社』因為妳的姊姊而出現，造成悠從未來來到我們的時代。那個時候，正好在『這個時代的同一地點』的我們也成功踏入『飛天神社』。第四，我們之所以無法抵達『飛天神社』，是因為被再次封印的緣故……到這裡為止，有什麼跟妳意見不合的地方嗎？」

「大致上同意。」

「那麼——妳有什麼打算？要重複同樣的程序讓『飛天神社』出現？那樣就能夠回去了嗎？」

「如果可以，我打算跟你們一起更加深入地調查『島嶼傳說』。之所以會這麼決定……也是因為我占卜了——該怎麼做才能回去。」

如果她的占卜技能真的有用，那這可說是理所當然的行動。

應該說，我現在才注意到。

如果可以占卜自己的事情，那就可以說明悠的幾種奇怪行為了。

像是為了在陌生地點確保「衣．食．住」，在尚未保證能賣出前就開始捕捉獨角仙。還有能以異常快的速度找到理想的打工等等——

這不只是運氣好，悠可能是靠著占卜，選擇了某種程度上最適合自己的行動。

「占卜自己的結果是？」

聽見黑貓的問題，悠就隨手抓起一把塔羅牌並且把它們丟到桌子上。然後以望著遠方的眼神表示：

「『修正扭曲』——就只有這樣。」

「好短喔。幫我們占卜時明明更加具體的啊。」

「情報不足的話就是這樣。我的占卜雖然準，但是並非萬能。」

「『扭曲』指的是什麼呢？」

「我想是我來到『過去』所造成的變化。」

「呵……就是所謂的蝴蝶效應嗎？」

她應該是很想用這個詞句吧。黑貓以耍帥台詞般的口氣講了出來。

然後又繼續解說。

「『未來人來到過去』——就算什麼都沒做好了，但光是這件事情本身就會改變歷史。是要妳修正這個扭曲嗎？」

「大概吧。嗯……全部被說明完了。」

超多話的黑貓似乎讓悠有點嚇到了。真是太巧了，我也嚇到了。

「還有令人在意的點。為了修正這個『扭曲』，為什麼要跟我們同行呢？」

「調查『島嶼傳說』，情報量增加的話，就能做出更準確的占卜了。這樣就能有更加明確的行動方針。而且——……」

「而且？」

「我知道你們的宿營發生的『事件』和其結果。」

「——」

她說出的話讓我跟黑貓一瞬間無法出聲。

接下來我們將會遇見某個重大事件——是這個意思嗎？

這是自稱未來人的發言。實在無法等閒視之。

「因為我從『過去』來到這裡，如果什麼都不做的話，我覺得事件的結果將會有所變化。

那對我來說是相當不妙的一件事——非常非常致命的事情。所以簡短的占卜也能清楚知道。我必須見證『按照原本歷史的結果』。我想這就是修正『扭曲』了。」

「那是我們可以詢問內容的事情嗎？」

「會讓狀況惡化所以不行。」

「這樣啊，那就不問了。」

「什麼時候才能知道『跟原本歷史相同的結果』呢？」

「『飛天祭』那天晚上。在那之前，必須想辦法解決才行——」

「哼哼哼……」悠像黑貓那樣笑著。

然後又急著揚聲表示：

「因此我的方針！就是跟你們一起調查『島嶼傳說』！然後——」

「盡情地在『過去』遊玩——喲！」

由於對方爆出意想不到的發言，我跟黑貓只能啞然以對。

「現在的狀況很嚴重吧？」

「是啊！小悠陷入絕大的危機當中了！」

「那妳還有心情玩？」

「哎呀，因為機會難得啊！可能經由時間旅行回到過去的世界——這不是令人興奮不已的情境嗎！」

「是沒錯啦……」

本來是想……她要是徬徨無助的話，就得幫忙出一份力。

但這傢伙根本不在乎嘛。

「…………我了解了。妳是這樣的女孩嗎？」

「嘻嘻，就算著急也沒用啊。要微笑面對啦。」

悠用兩手的食指戳著自己的酒窩。

她以桐乃應該會喜歡的裝可愛動作……

「難得有不可思議的體驗，不盡情享受的話就太可惜啦！而且回去之後，我還有不斷跟姊姊炫耀讓她悔恨不已的使命。『璃姊！我去了過去的世界，遇到了不得了的人喲！妳猜猜是誰？』——我要這麼跟她說！」

璃姊應該就是她的姊姊吧。黑貓的妹妹日向也對姊姊使用類似的稱呼。這種帶著親密之意的稱呼真的很不錯。

……不過我們家的妹妹都只用「你」來稱呼我。

桐乃的臉突然浮現在腦海裡。

——「小京哥♡」。

嗚哇，好噁心。絕對不可能啦。

當我想著無謂的事情時，黑貓就對悠說：

「那個，從剛在就很在意——」

「嗯？在意什麼？」

「妳的反應……難道說『未來的我』——……」

「啊，糟糕。」

悠急忙用雙手摀住嘴巴。

「……原來如此……這個反應讓我確定了。」

「哇……哇……哇哇……那個，不是的……」

悠顯得更加慌張。黑貓則表現出更加確定的模樣。

「哼……哼哼哼…………果然是這樣嗎……不用隱藏嘍。」

黑貓刻意放慢一拍之後……

「……『未來的我』成為受到每個人憧憬的偉人了對吧？」

「……………………………………………………」

悠的回答是令人尷尬的沉默。

我拍拍露出「咦？猜錯了嗎？」表情愣住了的黑貓肩膀……

「妳已經很偉大嘍。」

然後對她這麼說。

走出咖啡廳的我們，為了吃午餐而回到「三浦莊」。

「——所以，我們大概就是這樣。」

「哦，看來取材有了不錯的成果嘛。」

社長一邊吃生魚片一邊聽我們報告。

社員們&悠一起圍著餐桌，開始上午做了哪些事情的報告時間。

當然悠告訴我們的「那件事」並沒有公開給大家知道。

接著是準備祭典的赤城他們進行報告。

赤城以外的阿宅們都認真地嚷著「超級累人」或者「太累了像奴隸一樣」的抱怨。似乎幫

忙搬了沉重的神轎與負責裝飾等各種事情。

昨天那種「社長是為了我們才刻意不說幫忙祭典一事」、「反而該感謝他」的氣氛完全消失不見。

對讓他們從事辛苦勞動的狗屁眼鏡男的怒氣完全爆發。只有應該出最多力的赤城說著「算了啦」來安撫眾人，我也再次了解這個傢伙真的是個好人。

這時就連社長也感到對不起大家了。

「那……那麼下午大家一起玩吧！」

「喔，太棒了！」

難得大家一起來參加宿營，能所有人一起玩當然是再歡迎也不過了。

我才剛無條件贊成，緊接著……

「那麼，我找到一家很有趣的店，大家要不要一起去看看？」

赤城在絕佳的時機舉起手來如此提案。這應該是要幫社長一把吧。

既然是幫忙大家出許多力氣的傢伙所提出的意見，大家就都表示同意，下午就在赤城的帶領下一起出去玩。當然悠也跟著我們。

「……呼。」

社長看起來就像是差點遭到處刑的狼人，擦拭著自己流下的冷汗。

真是的……你最應該感謝的人是赤城吧。

至於……

赤城發現的「有趣的地方」究竟是哪裡嘛。

「雜貨店……不對，柑仔店……嗎？」

「嗯，我之前都只在漫畫裡面看過。不覺得很有趣嗎？」

那裡是相當復古的個人商店。生鏽的看板飄盪著一股鄉愁。

外面擺放著複數的投幣式懷舊遊戲框體，稍微窺看了其中一台，發現是以溜溜球般武器戰鬥的2D動作遊戲。

由於阿宅們興奮地發出「唔喔～」的叫聲，它可能是相當有名的作品吧。

那些傢伙不論到哪裡都在玩遊戲耶。真不愧是遊戲研究社。

「為什麼賣零食的店裡有電玩遊戲呢？」

「誰知道……」

我和赤城面面相覷並且露出狐疑的表情。

「哇，有很多以前的格鬥遊戲！小璃，我們來對戰吧！」

「哎呀，妳認為格鬥遊戲能贏得過我嗎？」

「唔呵呵，我的大門大人對人戰從無敗績。而且我還畫了同人誌，對角色的愛不一樣

啦。」

當女社員們舉行最強玩家決定戰時，我和赤城就鑽過完全敞開的拉門。

很抱歉來這座島之後就用過好幾次同樣的形容——但這裡果然也有點暗。

我開始懷念永遠都很明亮的超商了。

看來是把民房外的地面直接當成店鋪。店鋪部分是水泥地板，深處可以看見起居室。有一名嬌小的老婆婆輕坐在該處。

「…………………」

因為對方也沒有開口表示「歡迎光臨」，就只是坐在那裡凝視著我們，我還以為是妖怪呢。那個老婆婆應該就是店主人了吧。

店內雜亂地擺放了許多商品。除了常見的零食之外，也有洗衣粉和肥皂等生活用品，以及莫名的玩具隨便並排著。

「嗚哇，這個會後空翻的飛機玩具，我在以前的動畫裡見過喲～～～！啊，這就是所謂的戰鬥陀螺？我還是第一次見到～～～♪」

悠不停看著各式各樣的玩具並且發出尖叫聲。

如果相信她的話，那這些真的是「遠古的玩具」了。

也難怪她的感動比我們更加強烈。

……槙島悠馬……

她看起來實在不像是在吹牛皮、以惡作劇為樂或者愛鑽牛角尖的中二病患者。

在咖啡廳時因為悠具衝擊性的告白，讓黑貓感到有興趣——對我來說，那樣就算是很有意義的時間了。

——還有許多應該問的事情喲。

未來的偉人黑貓大人如此表示。

雖然因為時間的關係而中斷……但之後……

應該還會繼續聊關於未來或者是關於她的事情吧。

「高坂學長，外面要舉行戰鬥陀螺大會嘍！」

真壁的聲音把我從思考中拉回來。

「嗯，現在就過去！」

哎，算了。雖然沒有悠那麼誇張，但這是難得的暑假，難得的宿營。

我要全心全意來享受現在這一刻。

在豔陽照耀之下——

我們遊研&一名來賓就在柑仔店前面玩著復古的遊戲。戰鬥陀螺、放風箏、投擲保麗龍飛機、玩懷舊大型電玩還有丟水球。

是相當寬廣、完全沒有車子會經過，只有這裡才能辦得到，家裡附近絕對不可能玩的懷舊遊戲。

果然是新鮮又有趣。這都是赤城的功勞。

玩累的人就坐在店門口的板凳上，吃著西瓜與刨冰等冰涼的食物。

而我也是啃著西瓜休息當中。

猛然一看，發現黑貓不只是格鬥遊戲，連戰鬥陀螺都打敗瀨菜，正很開心地跳躍著。

光靠社辦的對戰遊戲，應該看不到她露出這種模樣吧。

……黑貓這個傢伙，連戰鬥陀螺都很厲害嗎？

如果是注重手指靈活度的遊戲，她可能全部都沒問題吧。

「呼……」

仰頭就能看見萬里無雲的晴空。耳朵可以聽見吵雜的蟬聲，還有社長被砸水球時的悲鳴。

「啊啊——…………」

——完全是放暑假的感覺。

「完全是放暑假的感覺對吧！」

悠嘴裡說出我心裡正想著的台詞，同時以充滿活力的動作坐到我身邊。「啪沙」一聲咬下手上的西瓜，然後把種子噴到藍色水桶裡。

「妳曾經度過這樣的暑假嗎？」

「嘻嘻，在遊戲裡有喔。」

「我想也是……我也只有到鄉下老家——啊啊不對，果然是第一次。」

今年的夏天很特別。

明明很多事情都是第一次，不知道為什麼卻很懷念。

我想悠、黑貓和大家一定也有同樣的心情。

「我說悠啊……妳的生日是什麼時候？」

由於周圍剛好沒有人，我便試著詢問剛才沒能提出的問題。

如果她真的來自未來，那麼是多久以後呢。這就是我在意的地方。

「這個嘛……」

結果悠就咧嘴笑著這麼回答。

「是禁止項目。」

「？那是什麼？」

「咦？你不知道嗎？這個時代流行的『來自未來的美少女』有名的台詞——應該是這樣才

對。」

「沒聽過。我對這方面不是很清楚——那麼，那是什麼意思？」

「意思就是『因為有苦衷而不能說』啦。我的情況是雖然沒有人會阻止我……但是不說似乎比較好的事情，我就決定不說了……時間旅行的故事裡，常有把未來的知識帶到過去，結果造成嚴重後果的情節吧？大概就像那樣。」

所以是禁止項目——悠這麼說完就把食指貼在嘴唇上並且眨了眨一隻眼睛。

那是除了我以外的男生全都會為之著迷的動作。

這樣啊……？悠的生日是禁止項目嗎……

如果使用「槇島悠」這個假名也是因為同樣的理由。

不告訴過去的人……也就是我比較好的情報。

會讓「扭曲」變嚴重的情報。

……會是什麼呢？是「歷史將會改變」之類的事情嗎？

再怎麼思考也想不出答案。

「這樣啊，那我就不問了。」

「對不起喔。」

「沒關係啦。啊，但是『用占卜來幫忙』就可以嗎？」

「真沒禮貌。那又不是用未來的知識在回答。我只會說我在占卜時看到的東西。」

悠生氣地鼓起臉頰。接著用伸直腳坐在地上般的誇張動作起身，說了句「我要去玩了」就跑向眾人所在之處。

遊研那些傢伙，現在換成用水槍互相射擊了。社長沒有任何伙伴，受到像是要發洩不滿心情般的集中砲火，整個人濕得跟落湯雞一樣。

瘦削男子的透明襯衫，到底誰想看啊！

前往這種戰場的悠，一得到自己的水槍就馬上將其裝滿水……

「黑貓！我們去幫快要輸的那一邊吧——！」

「哼哼哼……看來是時候展現我靠ＦＰＳ鍛鍊出來的射擊技術了……」

以兩人的參戰作為契機，參戰者不斷地增加。

「哈哈，大家好像都回到了兒時——喂，高坂，我們也上吧！」

走過來的赤城把一把裝滿水的水槍丟給我。

我接住後就擺出射擊姿勢……

「好啊，那我不要跟你同隊！」

朝靠我最近的赤城發動突擊，用水射中了他的臉。

「你這傢伙……高坂～～～～～～～～～！」

「哈哈哈哈！誰教你如此大意！」

孩子氣又不服輸，喜歡惡作劇且自信心過剩——

回到還是這種小屁孩時的自己，在傍晚之前盡情地遊戲。

——就這樣，今天這個漫長的一天也要結束了。

以為永無止盡的晚霞，不知何時已經變成夜晚。

我沒有意識到這一點，也無法回憶今天的事情。

宿營第二天的深夜。

我正趴在並排鋪在一起的其中一張床墊上。

把下巴靠在枕頭上，往前一看之下全是男生邋遢的面容。

雖然到剛才都還用這個姿勢玩著卡牌遊戲，但可能是玩累了吧，不知不覺間有一半以上的社員都睡著了。

赤城站了起來，拉了一下繩子把電燈關掉。

如此一來，簡直就變成校外教學的晚上，大家把臉湊在一起說鬼故事……那樣的姿勢了。

「……喂，你還沒睡吧。」

依然站著的赤城壓低聲音這麼說道。

我稍微撐起上半身，表示「我還沒睡喔」。

結果他便咧嘴笑著說：

「很好，那還醒著的傢伙一起來聊聊戀愛話題吧。」

「你是女孩子嗎？」

「笨蛋，男生也會聊這種事啦。」

當我們說話的期間，男生們也蠕動著聚集過來。

順帶一提，真壁睡的床墊就在我的正面——

真壁原本已經睡著，但赤城以踩著他屁股的形式重重沉下腰部。

「噗咕……！發……發生什麼事了？」

「喂喂，安靜一點。這樣會吵醒大家耶。」

「是……是赤城學長把我當成椅子……！喂，真的很重……！到底在搞什麼啦，真是的！」

赤城這個傢伙，只有對待真壁是如此嚴厲。

一定是因為在意真壁與瀨菜之間關係的緣故……但就算是這樣也太蠻橫了。

要以這傢伙為借鏡。我妹妹交男朋友時，絕對要以冷靜的態度來面對對方。

那太簡單了。我反而還要謝謝對方願意接收妹妹呢。

噁心妹控赤城哥在學弟身上雙手抱胸，然後回答他的問題。

「大家要一起聊戀愛話題喲。這是學生旅行必做的事吧——好了，第一個就是真壁。」

「咦咦咦！」

「喂，你老實說。你是不是想追瀨菜？說啊？」

「赤城，你這傢伙是想問這個才決定聊戀愛話題的吧。」

看不下去的我這麼吐嘈，結果他就露出「那還用說嗎？」的表情愣在那裡。

真壁以很痛苦般的聲音表示：

「……與其說是想追……應該說是在意的人吧——好痛啊啊啊！」

「你說什麼？再說一次看看？」

赤城這個傢伙，竟然開始使出職業摔角的招式了。

「赤城瀨菜小姐是我……在意的人～～～！」

真壁這傢伙真有種。那應該很痛才對。

「哦……在意的人嗎？」

另一方面，赤城露出像鬼一般的容貌。

「我說真壁學弟啊。你是知道瀨菜的『那個興趣』——還能夠說出這種話嗎？」

「那……那是當然了…………！應該說，就是這樣才好……」

「什麼意思？」

赤城邊說話邊鎖緊真壁的關節。

真壁發出「……喔♡喔♡」這種莫名嬌媚的悲鳴，斷斷續續地試著表達自己的想法。

「我也是御宅族……所以彼此彼此……所以……能夠公開興趣的關係……比較好！」

「哦……就算是腐女也沒關係，想要跟御宅族的女孩子交往。」

「只有……一半……是這樣。」

「啥？」

「還有……一半……沒有什麼道理……純粹是一起參加社團……了解她的魅力後……開始喜歡上她……咕噗！」

赤城給他更為強烈的一擊，臨死前的真壁發出「咕咿……」的悲鳴。

「我知道啦。因為我們家的妹妹是最棒的——」

赤城從真壁身上下來，拉著自己的棉被躺了下去。最後丟下這麼一句話。

「別以為可以輕易跟她交往啊。」

「……我知道。」

第一棒的戀愛話題應該就到這裡結束了吧。

如此一來——

「接下來輪到高坂學長了。」

「咦，我嗎？」

受到真壁指名的我感到困惑。這時社長匍匐前進到我身邊。

「別裝傻。差不多該說說跟五更的進展了。因為大家都很在意——這次的宿營有沒有任何進展？」

「啊，高坂學長，也請你詳細說明跟槙島小姐的關係。到底是在什麼地方認識那樣的美女的？」

「真壁，你這傢伙明明想追瀨菜，竟然還想搭訕其他女人？」

「不……不是的，赤城學長！但……但是！你們應該也在意高坂學長跟槙島小姐的關係吧？」

「在意。」「在意在意。」

……這些傢伙。

「真是的……但是，要說到是什麼關係嘛……」

包含「那件事」在內，也沒什麼好特別跟他們說的。

「我和悠只是普通朋友——」

「已經直接叫名字了，還說只是『普通朋友』？你以為這種藉口能打發我們嗎？」

真壁啊，你是不是把被赤城揍的怒氣發洩在我身上？

「不是藉口啦。五更和悠很合得來，她們初次相遇時我就在旁邊——因此我也順勢直接以名字來稱呼她。真的只是這樣。」

「什麼嘛……原來是這樣啊。」

「但話又說回來了，感情不會太好了嗎？」

真壁似乎能夠接受，但赤城仍然懷疑我。

「關於這一點，我也覺得很不可思議。怎麼說呢，悠就是莫名讓人有種親近感。」

「個性很合得來嗎？」

「或許吧。明明是帶仙氣的美女，卻又讓人覺得沒有隔閡，能夠自然地與其對話，然後又覺得必須保護她才行……我也說不上來就是了。」

「這樣啊……你很少這樣耶。」

「是啊。」

在學校裡，我明明連女生的朋友都很少。

社長重複了一次剛才的問題。

「高坂，那你跟五更的進展呢？」

「……好像有，又好像沒有。」

「太曖昧了吧……你們不是一起去觀光了？」

「是沒錯。但那傢伙似乎熱衷於解開傳說的謎團……下午又變成剛才那樣，而且……」

「而且什麼？」

「雖然我自己也想幫如此努力的她加油……但是要說有沒有戀愛的感情嘛，我自己也不清楚。我現在就很開心了，維持目前的關係也不錯——老實說也有這樣的想法。」

因為想讓關係有所進展的話，要是失敗不是太恐怖了嗎？

在一起時很開心。希望她一直在身邊。希望像現在這樣的時間能一直持續下去。

正因為這樣。

好不容易才跟黑貓進展到這種地步——

實在不想跌一大跤，讓一切變成泡影。

這樣的膽怯，讓我說出這種軟弱的發言。雖然不是謊言，但絕對不是真心話。

「高中生的話，不是會覺得不論如何只要能跟女孩子交往就好了嗎？」

赤城說出這種話，於是我就反過來問他。

「那你又如何。明明只要願意的話，就有對象可以交往了啊。」

「我嗎？啊……之前都因為社團太有趣了，不想因為跟人交往而減少社團的時間。然後升上三年級引退之後——也不是隨便找個人交往就好吧。之後也有學測要面對。有不錯的邂逅或者契機我會考慮看看。」

「這樣啊……」

「所以說，現在跟你一起玩比交女朋友更重要啦。」

嗯，正當男生之間聊著戀愛話題的時候。

在非常之巧的時間點，聽見從女生房間傳來「呀————！」的尖叫聲。

之所以會湧起一股寒意，是因為那是瀨菜的聲音。

我們一起看向牆壁，然後面面相覷。

「喂，剛才那聲腐味的咆哮是……？」

「可不可以不要用青魔法般的稱呼來形容我妹妹的叫聲？」

「……等等，更重要的是，從別的地方也傳出聲音了吧？」

「咦？聽你這麼一說……喂，真壁學弟，你的動作好像有點奇怪？」

「啊啊沒有啦，那個……」

「從實招來！把你剛才藏到肚子底下的東西拿出來！」

逼近趴著的他之後，發現真壁偷偷藏著處於通話狀態的手機。

「你……你這傢伙………這……這是……你不會！」

「……瀨……瀨菜學妹說『男生房間開始聊戀愛話題後就偷偷打電話給我』。」

「你這傢伙為什麼直接叫瀨菜的名字！」

「只……只是因為會跟赤城學長搞混，我才會叫她的名字啦！」

「少騙人了，這只是你直接叫她名字的藉口吧，你這個悶聲色狼！」

赤城直接教訓起真壁，但我現在沒空理他們了。

當真壁快被絞死時，我就用雙手抓住他的臉，急忙開口詢問：

「喂！什麼時候開始的！從什麼時候開始通話的！」

「我的回合結束後立刻就開始了～～……！」

沒錯——這裡有通話狀態的手機……就表示我們的戀愛話題完全被女孩子聽光了………

「啊啊啊啊啊啊啊啊啊啊啊！」

好險啊～～～～～～～～～～～～～！

我還沒說什麼讓女孩子聽見會很不妙的事情吧！

在說之前話題就轉移到赤城身上了！

啊……太好了。赤城做出讓瀨菜會錯意的發言真是太好了。

要是那樣繼續聊戀愛話題，我可能會順勢說出「喜歡黑貓」那樣的發言。然後這樣的發言還會被她本人聽見。

如果真的變成那樣，我會尷尬到無法看那個傢伙的臉啊！

「唉……呼…………」

當我好不容易讓心情冷靜下來……

「……高坂學長……這……這個給你…………」

呼吸斷斷續續的真壁把手機朝我伸過來。

察覺他意圖的我，接過手機後把它靠在耳邊。

結果……

「啊，高坂學長嗎？是我。」

「怎麼了？真壁的話，正因為妳的詭計而快被妳哥哥幹掉了喔。」

「那我是無所謂啦。」

瀨菜像是要說悄悄話般壓低聲音。

「瑠璃同學她似乎很沮喪……之後請好好地安撫她。」

「咦？為……為什麼……」

「……唉……請回顧一下自己的言行。」

通話立刻隨著「笨蛋」的斥責聲被掛斷了。

隔天早上——

我們聚集在民宿的院子裡做著收音機體操來舒活筋骨。

有人因為祭典的準備而依然肌肉痠痛，有人的肌膚被曬傷，也有人還沒睡醒而揉著眼睛。

這是每個人各有千秋的爽朗早晨。

目前還看不到您的身影。話說回來，她剛才好像急著出門了……

從還能運作真的像是奇蹟般的破爛收音機裡傳出懷舊的聲音。

「我從小學生之後就沒做過這個體操了。」

我運動著身體，同時隨口對著黑貓如此搭話——

「…………………………」

被……被無視了……

「呃，喂……」

「……………………………………」

她這次明顯地把視線移開。

咦……咦……？奇怪了……

我完全沒有做了什麼事惹她生氣的記憶啊。

——請回顧一下自己的言行。

我不知道啦，瀨菜～～～

可惡，為什麼每個女人都不把事情說清楚呢？

這時閃過我腦海的臉龐，正是每次都以無法猜測意圖的言行舉止把我耍得團團轉的妹妹。

——比那個傢伙好多了！

我「啪」一聲以雙手拍打自己的臉頰……

「那個……」

我再次對黑貓搭話。

「妳的反應這麼奇怪，是因為我幹了什麼好事對吧？抱歉。不論我再怎麼想，都不知道究竟是什麼事情，所以也不知如何道歉。所以……可以告訴我嗎？」

「……對不起。」

黑貓回答我的是謝罪的言詞。

「雖然不清楚瀨菜說了些什麼……但是你一點都沒錯……只是我自己感到煩惱而已。」

「……是這樣嗎？」

「嗯，不久後就會平復吧，你不用在意。」

黑貓這麼說完就露出無力的微笑……

怎麼可能不在意呢。就算——真的是錯不在我也一樣。

我……很擔心妳啊。

如果我有勇氣把這時內心的話直接說出口，這或許就是能在此將其解決的問題。

「今天有何打算？下午要再去找資料嗎？」

這時候的我選擇提出無關痛癢的問題來觀察狀況。

「是啊。不過……」

黑貓以僵硬的動作做著收音機體操並且回答我。

「上午我想去釣魚。」

「釣魚？去海邊嗎？」

雖然跟現在的話題無關……但這傢伙真的很僵硬耶。太過缺乏運動了吧……

「嗯，是啊。有點事情想自己一個人思考一下……」

「……這樣啊。」

對方強調要單獨行動的話，就無法說出「那我也可以跟嗎？」來要求同行，於是我就沒有多說些什麼。

回到房間後，內心依然存在一股鬱悶感。

「我出去一下！」

如此告知正以筆電創作的真壁後，我就離開民宿。

接著朝海邊前進。一開始是快步，慢慢跑了起來。
從坡道俯瞰的海洋，今天早上也非常美麗。
水面反射朝陽，發出炫目的光芒。
可以感覺到原本沉悶的心情，一旦開始行動就逐漸開朗起來了。
我現在正在做自己想做的事——我有極為清晰的自覺。
到那個人身邊。做出這個決定的瞬間就變這樣了。
……我果然對於黑貓——
自己的心意慢慢地，一點一點變得清晰。
這是件很痛快的事情。
「那麼，黑貓是跑到哪裡去了呢。」
這邊附近都是海洋，根本不知道那個傢伙跑到哪裡去釣魚了。
於是我就先前往我們來到這座島上時的那個港口。
港口旁邊應該是海水浴場，就到那邊的海灘小屋去詢問可以釣魚的地方吧。
我來到了目的地。
環視周圍都見不到黑貓的身影。
跟我經常去的千葉的海邊比起來，這裡的海水浴場遊客比較少。

這是因為這裡並非觀光地的緣故吧。

由於完全不擁擠，所以視野相當好，有一種近似天堂的爽快感。

認識的遊研社員們正在玩打西瓜的遊戲。

我不理會這樣的光景，直接大步踢著沙子前往海灘小屋。

「抱歉。」

決定在詢問釣場所在前先買飲料，於是從正在烤玉米的女店員背後向她搭話。

結果對方便回過頭來……

「哎呀～？這不是京介嗎？歡迎光臨。」

「咦，悠……妳在這裡做什麼。」

「當然是打工嘍。」

悠咧嘴對我露出親切的笑容。

——說起來……昨天好像也有過這樣的對話。

現在的悠是只在比基尼上套了件薄上衣的打扮，所以讓人不知該把目光往哪裡放。

注意到我視線的她，朝著自己的胸口看去。

「嗯，這件泳裝？很棒吧～是這裡的商品，他們便宜賣給我，然後讓我穿到身上幫忙打廣告。」

這時悠羞紅了臉，咧嘴燦爛地笑了起來。
她就以那種看不出是感到害羞還是在調侃我的表情……
「京介～…………你剛才以色瞇瞇的眼神看了我的胸部吧？」
「我……我才沒有哩！」
「好啦好啦。你也是男生嘛，看見神級美少女穿泳裝的模樣，會著迷也是應該的。因為我帶著仙氣啊！呵嘻嘻嘻……」
昨天的對話妳也聽見了嗎！咕啊啊……好丟臉！
可惡，竟然很開心般露出很像桐乃的微笑方式。
「那麼這套泳裝如何呢！我對自己的身材頗有自信喲！」
「誰……誰知道啊！」
我迅速把視線從她的胸口移開，並且試著改變話題。
「妳說打工……那咖啡廳呢？」
「聽說今天休息。所以我就到這裡來打工。」
「哦，這樣啊。真的很有活力耶。」
看了一下海灘小屋的商品架，發現除了海水浴用品之外，還混雜了獨角仙與鍬形蟲等昆蟲
……她之前抓的昆蟲，應該就是賣給這裡吧。

「對了，妳有看到黑貓嗎？」

「沒有喔，怎麼了嗎？」

「我正在找她。她說『我要去釣魚』，所以就想到這裡問一下會不會知道……但妳又不是這裡的居民，應該不知道可以釣魚的地點吧？」

「我知道喔。」

「真的假的！」

「港口的漁夫們告訴我的。我問說可不可以釣魚來賣。結果他們說不行。」

這傢伙的溝通能力像妖怪一樣啊。根本跟慢活遊戲的主角差不多了。

「釣場在……那邊。」

悠用手指指著該處來告訴我方向。

「沿著海岸走過去，就能看到釣魚的人，你馬上就會知道了。」

「那我去看看，謝啦。」

「好喲。下午之前要跟黑貓和好喔。」

「被妳看穿了嗎？」

「因為我是女生啊。」

「那麼給我能讓女孩子心情變好的飲料吧。」

丟出五百圓硬幣後，悠便「啪嘰」一聲用右手接住。
「怎麼可能有那種東西——彈珠汽水可以嗎？」
「嗯。」
「了解。」
悠從冰箱裡取出兩瓶彈珠汽水，單手拿著把它們交給我。
當我準備接過飲料時——
瓶子就從悠手上滑落，直接掉到沙灘上。
啪鈴一聲。掉落時兩個瓶子相碰而破裂了。
汽水在沙灘上形成漬痕。
「哎呀……搞砸了。但也太奇怪了……我明明抓牢了……抱歉！我拿新的給你。」
「……悠……妳……」
「嗯？怎麼了？」
愣了一下的悠停止動作。我也因此而看得很清楚。
「妳的手——」
「手？」
果然不是我看錯了。我茫然張開嘴巴……

「變透明了耶？」

「！」

悠震動了一下，急忙把右手移動到眼前。

只有手掌像漂亮的冰一樣變得透明，可以看見另一側。

「呀！這是怎麼回事！」

「……………變透明了。」

「……………是變透明了。」

我們就這樣認真地——透過悠變透明的手掌互相凝視。

「呃，喂……這是……」

我想起悠說過的話。

「因為我從『過去』來到這裡，如果什麼都不做的話，我覺得事件的結果將會有所變化。

那對我來說是相當不妙的一件事——非常非常致命的事情。」

現在正在發生對她而言「非常致命的事情」吧。

她似乎立刻就要全身變成透明然後消失無蹤了。

「————」

我感覺到強烈的寒氣與恐懼。

妹妹已經不在日本。再也無法見到她。

跟聽到這件事的「那個時候」極為類似的動搖，讓我起了雞皮疙瘩。

突然回過神來的我……

「京介！」

發現桐乃——不對，是悠的臉龐已經來到眼前。

「唔喔！」

她對整個人後仰並且嚇了一大跳的我說：

「我看哪，你是迷上我了對吧——！」

「啥？」

悠用力閉上眼睛，以手臂蓋住穿著比基尼的胸口。

「咕嗚嗚……太大意了~……想不到你會因為我穿比基尼的模樣而動情……我自己也覺得有點太過大膽了啦……竟然一瞬間就誘惑了京介，看來我是太低估自己的魅力了……回想起老電影裡面的情節，明明早就有所警戒了啊……」

「不知道妳在說什麼，但我沒有迷上妳喔！」

把嚴肅的氣氛還來啦！

雖然在內心這麼吐嘈，但悠高昂的情緒也到此為止……

「嗚嗚………怎……怎麼辦……」

她像是氣球洩氣一般急速萎縮。

「呃，喂……妳不要緊吧？」

當我擔心垂頭喪氣的悠時，她沒有抬起頭，只是小聲地問：

「京介…………你真的沒有迷上我吧？」

「別讓我一直說同樣的話。」

「抱歉……不過……還是讓我確認一下。京介，無論發生什麼事情，你都不能對我產生戀愛感情——能跟我約定嗎？」

我感覺到這是很重要的事情。

所以我也花了時間來自問自答。

接著堅定地說：

「就這麼說定了。不論發生什麼事，我都不會對妳產生戀愛感情。」

「……謝謝。我相信你。那麼——」

我有點緊張地等待她繼續說下去。

因為感覺到跟妹妹對我丟出無理難題時同樣的氣氛。

但是從悠口中衝出來的台詞是——

「安慰我。」

「啥？」

「因為我很沮喪，所以安慰我一下。」

妳看起來明明很輕鬆啊。

不過她應該是真的很沮喪吧。

我就像很久之前——對妹妹做的那樣。

把一隻手放到她頭上並且開始撫摸。應該說，其他根本沒有可以碰的地方。

因為這傢伙穿著泳裝。結果……

她就在低著頭的情況下把手臂繞過我的身體，直接抱住了我。

「呃，喂……」

「就算這麼做，你也不會迷上我對吧？那麼……只要十秒就可以了。之後我就會復活成平時的小悠嘍……稍微……讓我充電一下。」

「…………」

明明有豐滿的胸部靠在身上，我卻完全沒有產生邪念。

悠的聲音聽起來就像某個令人火大的傢伙。

我就任憑她抱著，然後持續撫摸著她的頭。

到了整整十秒鐘後，悠就抬起頭來。

出現在眼前的是很符合她形象，然後不知道為什麼有種懷念感的熟悉笑容。

「已經可以了嗎？」

「嗯，謝謝。」

當她緩緩地準備將身體移開……

「————」

然後就整個人僵住了。

「？」

覺得背後應該有什麼的我回過頭去。

結果——

「……你們在做什麼？」

一臉嚴肅的黑貓正凝視著抱在一起的我們。

第四章

灼熱陽光從正上方降下的正午。

吃完午餐的我、黑貓和悠三個人，為了調查「島嶼傳說」而前往公所。

路途中——

「所……所以說！剛才那真的是誤會啦！京介擔心沮喪的我——」

「已經說過好幾次我知道了。」

「但……但是黑貓妳還在生氣吧？」

「我沒有生氣喲。」

「明……明明就有～」

執拗地向其搭話的悠和筆直看著前方大步走著的黑貓，這樣的構圖正在我的眼前展開。

正如各位所見，在沙灘上的誤會已經解開。因為我們立刻就說明了。

但是……

即使在解開誤會之後，黑貓不知道為什麼還是一副無精打采的模樣，即使像這樣一起行動，她也不對我搭話，視線也不跟我對上。

由我主動搭話的話，是還會回答啦……

跟早上比起來，狀況又更加尷尬了。我只能著急地想著得想點辦法才行。

而且問題——不止有我跟黑貓的關係。

「悠，現在不是說這種話的時候了。」

沒錯。

「妳……是不是快要消失了啊？」

我在沙灘上目擊到她的手掌變成透明。

我認為那正是黑貓現在所說的現象。

應該是她犯了某種錯，讓「扭曲」什麼的變嚴重後所受的影響吧。

那絕對不是魔術。我親眼見到了。之前雖然說「會裝出相信的樣子」——但這個時候已經有六成以上願意相信她了。

「不用擔心。已經沒有透明了喔。」

悠揮舞右手給我們看……

「首先呢，感覺不像是馬上就會消失。說起來消失對我來說是不是壞事也很難判斷——也可能不是消滅的前兆，而是要回歸的前兆對吧？」

她說著「別擔心別擔心」，然後以輕鬆的模樣露出笑容。

這應該不是真心話。只是為了讓我們安心所擺出的姿態。

黑貓也很清楚這一點，所以刻意不追問下去。

「妳知道原因嗎？」

「我很清楚，但是不能說明。」

「這樣啊。那有什麼我們能幫忙的呢？」

「現在只要按照預定繼續進行調查就很感謝了！別擔心！我會好好處理的！」

悠元氣十足地表示。

即使發生身體透明這種異常的問題，悠還是沒有絲毫猶豫。

她是帶著確信來行動。從態度、談話都能感覺到這一點。

唉，真讓人心急。

雖然很想捲起袖子來幫忙，但我跟黑貓都無法給悠太多的助力。

「這樣啊。那麼……如果有什麼想要我們幫忙的事情，盡量說不用客氣。」

「謝謝……我會的。」

在我們對話時，就來到了公所。

「先拍照吧。」

即使在這種時候，也不能忘記來宿營的目的。

拍了幾張公所的外觀後，再次抬頭看著這棟建築物。

跟我熟悉的千葉市公所比起來，不論是寬度還是長度都小了許多。
真要說的話，大概是鄉下郵局的印象。
我們一進入建築物當中就確認館內的地圖然後爬上二樓。
目的地在走廊的盡頭。
「這裡就是圖書室嗎？」
用一句話來形容該處，就是像「我們高中的圖書室」那樣的地方。不會太寬敞，甚至給人狹窄的印象。感覺飄盪著淡淡的古書香氣。簡樸的櫃檯後方並排著高大的書架。
埋在天花板內的照明，透過格子將室內照耀成白色。
這裡開放給一般民眾使用，似乎可以閱覽關於島嶼的各種資料。
走在前頭的黑貓稍微環視了一下周圍，然後對著悠說：
「那麼，我想在這裡……找找過去報紙的消息。」
「可以喔。」
「要找什麼樣的內容？」
我一這麼問，黑貓一瞬間就心虛地游移著視線。
明明還處於尷尬階段卻向我搭話了——明顯就是這種感覺。
即使如此，她總算還是動嘴回答了我。

「……近年是不是發生過『神隱』……不對，應該說我想調查是不是真的發生過。」

雖說跟我之間的隔閡並非就此消失了。

但她應該是判斷現在不是在意這種事情的時候吧。

黑貓繼續表示：

「……假設跟悠一樣，有從原本的時代消失的人類……」

「啊……旁人眼裡看起來就是『神隱』嘛。」

「對吧？所以是不是真的有被稱為『神隱』的失蹤事件，受害者之後是不是平安回來了——都很令人在意。」

從黑貓的口氣聽起來，她似乎認為「神隱」只是記載在傳說裡面，實際上沒有發生才對——直接一點的說法就是以前的島民在唬人罷了。

她似乎懷疑著神隱的真實性。

真是令人意外。明明很喜歡超自然題材，卻以否定的立場來加以調查。真是聰明的想法。

「假設『神隱』是『時間移動』的結果，如果有『回來的人』，而且現在也住在島上的話，說不定可以訪問他。這或許能成為悠回歸的線索。」

「…………謝謝妳，黑貓。」

悠嘴裡掉出這麼一句話。

「怎……怎麼突然這樣說？」

「因為……妳非常認真地……替我著想啊。」

「……哼……哼。因為也能作為遊戲劇本的取材……我只是因為興趣在行動。」

○・一秒就知道了。

她是在隱藏害臊的心情。

太容易懂了吧……現在要不是跟黑貓處於尷尬狀態，我差點就笑出來了。

「還是很感謝妳。一般人首先就不會相信我說的話了——即使相信了，也沒想到會如此設身處地為我著想。所以很謝謝妳。」

悠各看了我跟黑貓一眼並且道謝。

黑貓轉身背對她，以伶俐的聲音說：

「不要再閒聊浪費時間了。我們開始吧。」

我和悠都注意到她已經連耳尖都羞紅了。

在那之後——

我們花了三個小時左右在圖書館裡查資料。現在正把資料攤在閱覽室的長桌上，坐在鐵椅上各自報告結果。

「……沒有失蹤的人耶。」

「嗯……看來是這樣。」

當然不是真的沒有任何失蹤的人。

這座島上，連一則能證明發生過神隱的新聞都沒有。

「不過……你們看看……這則新聞。」

黑貓拿到桌上的兩則新聞，是在犬槇神社發生，之後已經解決的小事件。

兩個事件的經過幾乎一樣，都是從島外面來的年輕女性短暫的失蹤，當天就被發現失去意識倒在「犬槇神社」境內。

根據內容，醒過來的當事者都失去幾個小時的記憶，沒有受傷，身上的值錢物品也沒有被搶走。

「可以跟『神隱』扯上一點關係的就只有這兩則新聞。」

「這兩個人也像我一樣遭遇到『神隱』並且回歸了——黑貓是這麼認為的嗎？」

「這個嘛……老實說，我只是覺得有這種可能性而已。也可能是偶然有了類似的事件。」

「唔嗯……就算是這樣，心情還是稍微輕鬆點了——因為或許有『平安回歸的人』存在——這都是託兩位的福！」

「……別客氣。」

黑貓露出溫柔的笑容。
看起來她們兩個人正彼此做出溫暖的貼心舉動。
「但是…………」
悠低頭以幾乎快聽不見的細微聲音自言自語著。
「……對喔，也有這種可能性。」
「悠？」
黑貓窺看著悠的臉龐。
結果她……
「這樣的話……」
突然抬起頭來，筆直地望著我們。
「就更應該好好享受了！這樣才對吧！難得能遇見你們！」
「喂喂，突然自己一個人感到沮喪，隨即又充滿幹勁……到底是怎麼了？」
「嘻嘻，沒什麼啦！是我自己的事情！更．重．要．的是——」
她把雙手撐在桌上，然後整個探出身子。
「再強調一次，讓我們痛快玩一場吧！過一個最棒的暑假！不論是我還是你們！甚至是所有人都不會忘記的超厲害的一個星期！」

她突然的亢奮模樣，讓黑貓不停眨著眼睛。

於是我便代替她回應。

回歸童心，變回仍是無藥可救屁孩時的自己，丟出不負責任的話。

「我一開始就有這種打算喲。」

「就是得這樣才行！我有個計畫——交給我就對了！」

結果耍帥的台詞被她搶走了。

「呵嘻嘻」，這種似曾相識的笑聲在圖書室裡迴響著。

就這樣，這一天即將結束了。

這趟一天感覺像是好幾天的旅程，緩緩來到了一半——

又是一個新的早晨。

一邊聽著從收音機流出的歌聲，一邊伸展筋骨後，就湧出一股樂觀的心情。早晨做體操真的是很棒的習慣。有種幼年時期的自己又回來了的感覺。

「重大發表！這次由我槙島悠就任諸位宿營的娛樂專員！」

在結束收音機體操的眾人面前，悠大聲地這麼宣布。

我試著瞄了一眼社長的臉龐，結果他就大方地點點頭。
看來社長也知道這件事。
真是的……悠這個傢伙已經完全融入遊研，讓人幾乎忘了她根本不是社員了。
「悠，妳還有時間做這種事啊？」
擔心的我如此對她搭話之後，就得到了生龍活虎的回答。
「嘿嘿～不是說過要盡全力地玩。而且這對我來說就是最佳的行動了——所以，事情就是這樣嘍！」
悠重新轉向眾人，然後再次揚聲表示：
「今天呢，接下來大家要一起去海水浴場玩——！」
行程就這麼決定了。
我和黑貓，以及當然不知道內情的社員們都乖乖遵從她的安排。
換好泳裝來到沙灘上集合的我們——沒有變成決定大家一起玩些什麼的情況，而是分成幾個小組來自由行動。
原本應該是這樣才對……
「高坂學長，小璃就交給你了。」

「我們要到那邊去游泳！然後還要比賽！而不會游泳的黑貓就交給京介了！那麼，我們先走嘍～」

在不知不覺之間，遊研那群傢伙就留下我跟黑貓自己跑走了。

我只能以愣愣發呆的表情目送他們離開——

「……妳不會游泳嗎？」

——我側眼瞄了一下黑貓。

「……不行嗎？」

像是鬧彆扭般噘起嘴唇，刻意不跟我視線相對的她——

現在身上只穿著大膽的比基尼。她自己絕對不會選擇如此暴露的款式，我想這可能是瀨菜幫她選的。

因為她本人從剛才開始就一直露出害羞的表情，結果卻反而散發出情色的氣氛。

我無法好好看著穿泳裝的黑貓。

只能配合她把視線移到不相干的地方並且說：

「不介意的話，我教妳游泳吧？」

「……是啊。難得有這個機會……………那就拜託你了。」

面對這冷冷把頭別到一邊去的「拜託」，我忍不住發出「呵呵」的笑聲。

「……有什麼好笑的？」

「沒有啦，只是想起了初次見面的時候。就是……以前的黑貓就像今天這樣跟我保持距離……應該說有種對我保持警覺的感覺吧。」

「是這樣嗎？」

「是喔。」

我這時候開始搔起自己的臉頰。

「雖然很懷念，但還是平常的妳比較好。」

「這樣啊。」

黑貓朝著海洋走去。

像是完全沒有聽見我的聲音般，態度相當冷淡。

「怎麼了嗎，學長？」

她從該處轉過頭來……

「不是要教我游泳？」

好久不見的笑容讓我看呆了。

手把手教她如何游泳一陣子後——

就跟累了的黑貓回到沙灘上，兩個人一起堆沙堡。

當我們堆到一半，回來的眾人也來幫忙。

最後完成弄壞相當可惜的精細作品。

中午就到沙灘小屋，坐到黑貓身邊吃著炒麵。

下午就在河邊玩水中度過。

無暇感覺到無聊，在放慢的時光當中，一直持續忙著遊玩。

不知不覺間已經來到傍晚，然又在不知不覺間進入夜晚——……

鑽進棉被後，睡意立刻盈滿全身。

孩提時期一直都是這樣。

每天都是這種情形。

在昏睡之前，我這麼想著。

——啊啊……今天真是開心。

隔天的傍晚，大家一回到「三浦莊」……

「好啦，各位！今天晚上將舉辦試膽大會喲～～～～～～～～～！」

悠說出這樣的話來。

我愣了一陣子之後……

「妳說試膽……這麼突然真的能辦得成嗎？還有準備工作之類的吧。」

「別擔心♪我早準備好了！已經跟社長還有瀨菜商量過，因為不打算搞太大的場面，所以隨時都可以完成準備喔。」

悠她咚一聲把抽籤箱放到餐廳桌上。

「只要有這個跟組別數量的手電筒就萬事ＯＫ！那麼——你們覺得如何呢！」

真是個強勢的女人。嗯，伙伴裡有一個這樣的人，對於像我這種被動的傢伙來說無疑是件很棒的事情。

環視一下周圍後，眾人也做出「聽起來很有趣嘛」、「那就試試看吧」的發言，展現積極配合的態度。如果是我就辦不到了。

對周圍散發開朗氣息的開心果。

槇島悠似乎就是這樣的女孩子。

順帶一提，這次的宿營裡有類型完全相反的女孩。

「……妳說的試膽大會，應該不會有危險吧？」

我指的當然就是黑貓了。

不去迎合，也無法迎合周圍的唱反調者。

但是……

「當然事先調查過路線嘍。」

「我不是這個意思……妳應該懂吧？」

「……嗯，我懂。真的沒問題，不會有危險的。」

我不認為她比不上悠。不覺得她會輸給親切又開朗的美少女。

雖然是愛挑剔、動不動就保持沉默，很難了解她在想什麼的傢伙。

只是不形於色、只是難以理解。

就算無法炒熱現場的氣氛，她依然一直都很替伙伴著想。

「是嗎，那就好。」

五更瑠璃就是這樣的女孩子。

試膽大會的路線是一路走到山裡的「犬槙神社」，拿取悠放在鳥居旁邊的牌子，然後再走到神社旁邊的終點。

由於社長會在終點待機，到時候就把牌子交給他並等待眾人到齊。

原來如此，「犬槙神社」的話確實很有氣氛——因為它是真正的靈異地點——就算是晚上路途中也有照明，危險性應該很低才對。

至於靈異地點會發生的危險，悠也表示不用擔心。
如此一來就沒有任何問題了。
試膽大會結束，所有人到終點集合之後，預定將在境內放手持類煙火。
當然已經取得放煙火的許可。

那麼，事情就是這樣。
我現在正跟黑貓一起走在試膽大會的路線上。
「……學長，悠準備的籤…………是騙人的。」
「……我想也是。」
我們並肩走在一起，把手電筒朝向前方來照亮夜晚的道路。
其實每隔一定的距離就有戶外的電燈，所以並不是太暗。
沒有感到太多不安的我們一路前進。
這是沒有卯足全力嚇人的打算，重視安全，只不過是餘興節目的悠閒試膽大會。
在這樣的路途中。黑貓以不帶感情的語調對我搭話。
「『我想也是』？怎麼好像事不關己一樣？」
「……呃，黑貓？妳這是什麼意思？」
沒錯。在那之後大家就開始抽籤——結果是我和黑貓湊成一組。

是採取從箱子裡抽出寫了英文字的三角形籤紙的形式，箱子裡面放了好幾組寫了同樣英文字母的籤。

黑貓像名偵探般說道：

「使用的是很單純的手段喲。每組英文字母的籤，摺法都有些許不同。讓目標的人物先抽完籤，之後自己再抽，那個時候就用指尖來搜尋相同摺法的籤。」

「……喔喔，虧妳能識破耶——然後呢？」

我以裝傻的態度催促她說下去。

「那個時候……在我後面抽籤的是學長吧。也就是說……那個……是那麼一回事？」

黑貓不知道為什麼，像感到很害臊般發出斷斷續續的聲音。

「被發現了嗎？」

我很乾脆地承認了。結果她就以幾乎快聽不見的聲音表示：

「……為什麼……要這麼做？」

「因為想跟妳一組啊。」

清楚地這麼回答。像是不給她任何產生誤會的餘地一樣。

「哎呀，之前我們不是變得有點尷尬嗎？雖然因為大家的幫忙，已經一點一點改善了……但還是稍微有一點疙瘩吧？所以想藉著這次的試膽大會來完全跟妳和好——所以我就跟大家商量了。」

「咦……那麼……」

「除了妳之外的所有人都是同黨。只不過呢，我一開始也不知道要舉行什麼樣的活動——『到時候會用抽籤來決定分組，你要記住簡單的作弊方法』，對方要我做好這樣的準備。」

「悠幹的好事嗎？」

「嗯，是啊。為了跟黑貓和好——我請她幫忙了。」

我發出「嘻嘻」的笑聲。

黑貓以溫柔的表情簡短地說了一句：

「……這樣啊。」

然後對話到此就暫時中斷。我們兩個人並肩走在夜晚的路上。只能聽見低調的蟲鳴聲。有時候風會讓高大的草發出搖曳聲。心臟越來越快的怦咚聲，一定不是因為害怕。

「……這就是證明用的牌子嗎？」

黑貓找到靠在鳥居上的牌子並且把它拿起來。

我也從旁發出「我看看」的聲音，接著探頭窺看。

看來是把空白的繪馬拿來使用。上面畫了一個可愛的女幽靈插畫以及對話框。女幽靈小姐說著：

——「順利和好了嗎～？」

感覺就像那個傢伙親自在耳邊這麼對我說一樣。

「真是的，雞婆。」

「學長，你有資格這麼說別人嗎？稍微反省一下自己平常的行動如何？」

被踩到痛處的我，只能吹起口哨來打馬虎眼。

「…………」

我們之間暫時籠罩在沉默之中。

由於黑貓跟我都是不多話的人，所以只要兩個人在一起就經常會這樣。

但是並不尷尬。真要說的話，反而有種坐立不安的感覺。

以桐乃來比喻的話，大概就像是期待的遊戲發售的那一天吧。

去排深夜販賣的阿宅，或許就是這種心情。

我試著要對黑貓搭話，但她卻像是要避開我的開口般，在這個時間點坐到石梯上。

「…………」

我也默默坐到她身邊。兩個人依然沒有對話。

宛若溫水般的夜風帶來剛洗好澡的香氣。

當我抵抗著暈眩感時，黑貓就開口這樣表示：

「……學長。」

「嗯？」

「可以聽我說話嗎？」

「嗯，當然可以了。」

我立刻這麼回答，但黑貓一直無法打開話匣子。

我沒有催促她，只是耐著性子等待。

我和黑貓都沒有望向對方的臉，保持坐姿並且將視線保持在前方。

並沒有特別看什麼地方。眼前是一片黑暗。

沒有什麼特別的意思，但我還是關上手電筒並且閉上眼睛。

「我之所以避著你，不是因為看見你跟悠抱在一起而產生誤會。」

最後從旁邊傳來細微的聲音。

我依然沒有看向她，只是默默豎起耳朵聽著。

「那是為什麼……」

「悠……是個……很棒的女孩子吧。」

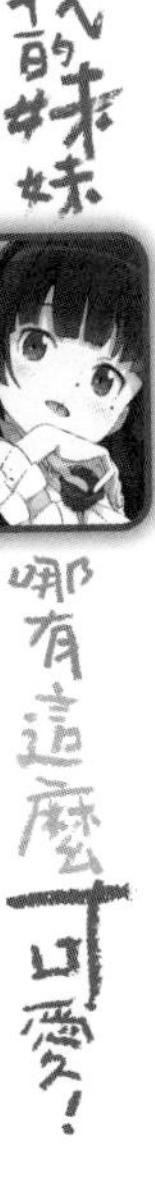

「……嗯。」

或許是不知道該怎麼辦吧，黑貓的發言斷斷續續，而且很難懂。

但我還是不著急。

「因為……實在太優秀了，讓我不由得感到沮喪。」

我在腦袋裡像是要拼圖一樣，靜靜地收集著碎片。

「又開朗、又可愛，而且充滿生命力，跟她在一起真的很開心……連跟我這樣的人都能立刻混熟。和她比起來……我就喪失自信了。」

「…………………」

「所以打從一開始就沒有誤會了。只是覺得『啊啊，本應如此』。」

我在內心對逐漸收集到的碎片感到戰慄，同時等待著她繼續說下去。

黑貓突然以自嘲的語氣說：

「你會喜歡上悠也是理所當然的。」

「等一下等一下！給我等一下！」

這時候實在沒辦法繼續保持冷靜了！於是我便發出巨大的聲音——

「妳在說什麼啊！真的是胡說八道！搞不懂妳在說什麼！」

「……什麼不懂……你不是喜歡上悠了嗎？」

「我什麼時候這麼說了？」

「在男生房間聊戀愛話題時——你不是一直稱讚悠嗎？就跟談到桐乃時一樣熱絡。還說我不是你戀愛的對象。」

「等等、等等、等等、等等！我才沒那麼……」

——怎麼說呢，悠就是莫名讓人有種親近感。

——明明是帶仙氣的美女，卻又讓人覺得沒有隔閡

——能夠自然地與其對話，然後又覺得必須保護她才行。

——要說有沒有戀愛的感情嘛，我自己也不清楚。

——現在就很開心了，維持目前的關係也不錯——老實說也有這樣的想法。

我是笨蛋嗎！明明就說了！這是很容易遭到誤解的說法啊！

「啊，沒有啦！這才真的是誤會！」

嘎啊——！到底該從哪裡解釋起才好呢！

「呃，呃……首先呢？我確實覺得您是超級美女，又可愛又脫俗，亮麗的外表大概僅次於桐乃！而且個性開朗有趣，很容易溝通，跟我也合得來！」

「……越聽越不覺得是誤會耶。」

「因為我說的是實話——但就算是這樣，我對您還是沒有任何戀愛感情。真的打從心底連一丁點都沒有。」

因為對我自己來說「您並非戀愛對象」是極為清楚的一件事。

沒有必要刻意表達——我竟然膚淺地這麼認為。

「那是為什麼？你也不是沒感覺到她的魅力吧？」

「我也不知道！自己也完全搞不懂，但那傢伙就真的不是那種對象！」

「『不是那種』的話，那究竟是哪種？」

黑貓筆直地看著我的眼睛追問下去。這次輪到我走投無路了。

突然被這麼問也不知道該怎麼辦。我實在不知該如何回答。因為感覺這是很重要的答案。

「那個，您……對我來說……」

「您對你來說？」

對我來說是朋友，但感覺這麼說又不對。

不是意中人——很接近妹妹但又不全是——
啊……嗚……這個嘛～～！

「……姊姊吧。」

因為實在被逼到無路可退，竟然說出很糟糕的發言。
或許是發言實在太過出乎意料了吧，黑貓整個人愣住了。
「姊……姊姊？對學長來說，您是像姊姊……那樣的存在？」
「嗚嗚……抱歉我自己也不知道為什麼會說出這種蠢話——但是，那個……怎麼說呢……那傢伙對我來說確實是很特別的人，甚至我自己都覺得怎麼會沒喜歡上她……但是——完全沒有想交往、接吻或者做壞壞事情的想法。該怎麼說才好呢…………總之那傢伙就是『像妹妹但又不是妹妹的某個人』啦！我也說不上來就是了！」
真是的，我在說什麼啊。
我自己也覺得這麼說根本沒有說服力。也不覺得這樣能解開黑貓的誤會。
「而且，啊……」
我在害羞什麼啊。

想解開誤會不是嗎？

快說啊！

「我在意的是妳而不是悠啊。」

「……咦？」

「這個春天，黑貓變成我的學妹之後，在一起的機會就增加了……結果就變成我越來越在意的對象……之所以參加這次的宿營，也是因為想助妳一臂之力。」

「什……什……什……」

黑貓嚇得整個人往後仰。臉龐羞到連耳根都紅了。

我大大地呼出一口氣。

「從這個反應看來……妳沒發現嗎？」

「因為……像我這樣的……」

實在拿她沒辦法。這都是我的真心話啊。

「妳太看不起自己了。我剛才不是把悠誇上天了嗎？但是……我認為妳比她更有魅力！」

啊啊啊，真不像我會說的話。我也太做作了吧！真是羞死人了！

但是也沒辦法——因為全都是真心話！

「……騙……騙……」

黑貓的身體震動，露出泫然欲泣的表情。
從她的嘴裡斷斷續續發出沒有意義的聲音。
最後終於成為有意義的單字。
「……騙……騙人的。」
「我沒有騙人！」
「但是那個時候……」
「關於……那個……嗯……」
黑貓羞紅了臉等待我繼續說下去，我卻丟臉地結巴了起來。
「我呢……不想破壞好不容易才跟妳變熟的現狀！害怕被妳甩掉！所以才不想讓關係有所進展，一直欺騙自己……！」
可惡！
我這個人為什麼老是到了重要時候就想不出任何機靈的話呢！
「所以……我呢……總而言之……要談戀愛的話，對象不是悠……或者其他人……」
絞盡腦汁之後，最後從我口出說出的是極為單純的一句話。
「只能是妳啊！」
啊～～～～～～～～～臉好燙！要死了！羞死人了！

這樣，這麼說的話……我——不就等於是做出明確的宣言了！

腦袋開始無法做出正確的判斷了。

但也因此而能一鼓作氣。

啊啊！乾脆一口氣全說出來吧！

我把席捲胸中的想法全變成言語——

「哇！」

——在我準備這麼做時，就受到巨大的阻擾。

並肩坐著的我們面前，突然有某個罩著白色床單般物體的人衝了出來。

「呀啊！」「呀啊啊啊啊！」

黑貓因為太過於驚嚇而抱住我，我也跟她一起發出超大悲鳴。

這可能是我第一次聽見這個傢伙發出如此巨大的聲音。

其實在明亮的地方一看，就會發現是相當蹩腳的幽靈裝扮吧。

但是呢！在黑暗中遭到威脅的話，一定會嚇一大跳的啊——！

而且剛才是我賭上人生準備進行告白的時候耶！

出乎意料已經不足以形容了！

「……呼……呼……呼……呼…………」

「……嚇……嚇我一跳。」

我和黑貓依然抱在一起並僵在現場。

然後以發抖的手將手電筒的亮光朝向幽靈。

因此得知幽靈其實是由某個罩著被單的傢伙扮成的之後，就逐漸恢復冷靜。

不對！不是某個傢伙……

「剛才的聲音……是悠吧！」

「答對了～♪」

喜歡惡作劇的女孩拉下被單露出臉來。

「妳這傢伙別開玩笑了！什麼時候不出來，偏偏選這個時候……？」

這個臭傢伙～～！

喂，妳到底是想撮合我跟黑貓還是想阻撓我們啊！

當我發出認真的怒吼時，悠就急忙開始辯解道：

「不……不是啦！這是有很深的緣故！」

「竟然說出跟我那麼像的藉口！」

「就跟你說真的有正當的理由啦！現在在這裡，我一～～～定得阻止你們才行！」

悠叫喚著：「時機不對啦～～～！」

可惡，淨說些完全聽不懂的話！

這麼好的氣氛都破壞光了！

當我感到滿腔怒火時，黑貓就抓住我的肩膀。

「那個……學長，一定是跟『那件事』有關吧。」

「咦，啊……啊啊……對喔。」

受到她安撫的瞬間，暴躁的心情霎時冷靜了下來。

這是悠為了回去而必須採取的行動。

黑貓所說的「那件事」就是這個意思。

「咕唔唔……如果是這樣……那就沒辦法了。」

「對不起啦！」

悠像在拜拜一樣合起雙手。

接著稍微瞄著我們這邊……

「不過京介啊。」

她瞬間變成原本輕薄的態度，嘴唇因為微笑而波動著。

「靠著超級美人，而且漂亮又帶仙氣的悠，你有了很棒的回憶不是嗎～？」

「啥？」

一瞬間因為搞不懂是什麼意思而感到困惑……

「「——啊。」」

和黑貓同時發現我們還互相抱著。立刻感到臉頰發燙——

「～～～～～～～～～～～～～～～～」

不成聲的悲鳴響徹夜晚的神社。

於是……

試膽大會之後也很順利地進行……目前所有人在夜晚的境內集合了。

這是為了按照預定，大家一起放煙火的緣故。社長把從之前那家柑仔店買來的手持類煙火分發給眾人。至於此時在眾人當中的我……

「…………怎麼辦啦。又因為妳害我跟黑貓又變得尷尬了。」

「沒……沒這回事喲。」

我因為剛才的事件對悠抱怨。

偷偷看了一下在稍遠處跟瀨菜講話的黑貓，很不巧的是她也看向這邊——

四目相交後，她便急忙把視線錯開了去。

我抓住悠的肩膀前後用力搖晃。

「妳看、妳看，看見了吧？人家完全躲著我啊！」

「確……確實是這樣耶。」

「都是妳害的啦！」

在快要進入重點的時候打斷我的告白！現在兩個人變成極度在意對方的狀態！

「但……但這算是具正面意義的尷尬吧？不是嗎？」

「我討厭『具正面意義』之類的台詞。因為聽起來很敷衍。」

「別鬧彆扭嘛！」

「我才沒有哩。」

面對噘起嘴唇的我，悠傻眼地說了一句「真是的」。

「明明是在鬧彆扭啊……嗯……來到這裡之後，對你的印象真的完全崩壞了……」

靈敏地聽見這種說法的我，隨即開始進行推測。

「妳……不只認識黑貓，甚至還見過『我』嗎？」

「是啊。我認識的你，是更加……嗯，沒辦法透露就是了。」

她像是要用力展示腋下般，合起雙手來舉高並且伸展筋骨。

「唉～事情變得比想像中更加複雜了。原本以為自己能夠公私分明。我說京介啊，我想你應該也稍微察覺到了吧……但還是別說出來喲。」

我對她曖昧的請託點了點頭。

「好啦。禁止項目對吧。」

「沒錯。」

她隨即發出「嘻嘻」的笑聲。

再次有強烈的親近感席捲我的胸口。

跟面對妹妹時很相似，但是又有點不同的奇妙感觸。

……恐怕、大概……一定是。

她真正的身分是……………

搖著腦袋甩開這個念頭之後，悠突然就窺看著我的神情，並且低聲說道：

「話說回來，你——」

由於她來回打量著我，我便冷冷丟出一句：

「幹嘛啦？」

「好像覺得我像是姊姊喔？」

妳聽見了嗎！

「給我忘掉！只是一時想不到確切的形容詞而已！」

「呵嘻嘻，超級妹控的京介是我的弟弟嗎……」

悠像是在妄想那種光景般以看著遠方的目光仰望天空，沉思了一陣子後……

「嗚嗚……被你害得性癖好像快要扭曲了，看你怎麼負責？」

誰理妳啊！

我把臉別到一邊去後，悠就大笑了起來。

她揮舞一隻手，從我身邊離開。

社員們隨興分散在境內各處，準備施放手持類煙火。瀨菜與黑貓以蠟燭幫大家點火。

在這樣的狀況中，悠走向黑貓並且對她說了些什麼，最後……

「呃，喂……」

她強行把感到困擾的黑貓拉過來。

悠把黑貓推到我的面前……

「好了！京介，我把黑貓帶過來嘍！」

「根本是硬拖過來的吧。不過幹得好。」

說到底，想解決尷尬的狀況時，還是像這樣在無處可逃的情況下好好把話說清楚是最棒的了。

「…………………………」

「……………………………」

我和黑貓面對面凝視著對方。

黑貓的臉像是泡完澡般鮮紅。

我應該也是同樣的表情吧。

搔癢難耐，害臊而且難為情。

內心充斥著想立刻逃走的心情。

但是！要撐住！

我用從沒發生過剛才的告白未遂般的輕鬆口氣表示：

「一起放煙火吧。」

「…………嗯。」

她輕輕點頭。

然後我們就再次回歸沉默。

在吵雜的喧囂當中，只有我們周圍一片安靜。

明明不可能有這種事，但就是這麼覺得。

「兩位，也讓我加入吧。」

像是要敲開寂靜的大門般，悠插身進入我們之間。

「來，這是煙火。我拿了很多過來——」

「……妳這個人。」

黑貓以傻眼的模樣半瞇起眼睛看著悠。

「那個，微調我們兩個人距離感的各種行動到底是怎麼回事？也跟那件事情有關嗎？」

「剛才嚇你們的時候有關。啊，不過現在不是喲。」

「喂。」

我簡短地吐嘈完，悠就像個孩子一樣吐出舌頭。

像是跟親密的對象撒嬌一樣。然後突然又用苦澀的聲音說：

「這是最後了，所以想跟你們一起創造回憶。」

「這樣啊……宿營馬上就要結束了嘛。」

黑貓的聲音裡帶著難以隱藏的寂寥感。

這是因為……

即將跟好不容易，而且平時的她不太可能如此快速變熟的朋友分離的關係。

而我也有同樣的心情。

在的時候覺得很吵，但不在時又覺得寂寞。

這是我們很熟悉的情況。

「話說回來，妳剛才說什麼『最後的任務』對吧——這也就是說，難道……」

「嗯，我在『過去』應該完成的事情結束了。因為我而產生的『扭曲』已經全部修正了。以這個流程來看一定沒問題。再來只要等那個時刻來臨即可。」

「…………這樣啊。」

悠從過去來到這裡產生的「扭曲」究竟是什麼呢？

她說應該做的事情已經結束了，這個傢伙在這座島上所做的事情，也就是——

我刻意沒有開口詢問。

因為差不多全部都了解了。

像是妳以拿捏得恰到好處的力道讓我們感情變好這件事。

如果我跟妳站在同樣的立場，我一定也會做一樣的事情。

即使知道會危及自己的回歸，還是興致勃勃地靠近並且跟我搭話——

所以沒關係。我不會嫌妳是電燈泡。

難得有這個機會。就一起玩到最後吧。

「真是的……竟然拿來一大堆煙火。」

「……呵呵，要從哪一種開始放呢？」

「我還是第一次放這種煙火！哪種比較好呢～♪」

各自選擇喜歡的煙火，然後用蠟燭點燃。

手持類煙火的前端開始燃燒，開出漂亮的火花。

噴出的火焰往上照耀出少女們的身影。

黑以及白。成對比的服裝與外表。

但是又有種極其相似的感覺。

像這樣站在一起，看起來就像真的姊妹一樣。

「……姊姊不知道怎麼樣了。」

這時候——

悠以極細微的聲音擠出這樣一句話。

預估自己應該能順利回歸之後，就開始擔心起姊姊的情況了吧。

「妳姊姊的外表也跟黑貓很像嗎？」

我稍微考慮了一下……然後提出這樣的疑問。因為她以前曾經提過姊姊的言行舉止與興趣跟黑貓很像，所以這應該不算很不自然的問題吧。

「咦？姊姊跟黑貓？嗯，怎麼說呢…………」

手上拿著轉輪煙火，以好奇眼光望著它的悠，聽見我的問題後思索了一陣子。

這段期間，黑貓則對我露出苦笑。

「……問這是什麼問題。」

「這點小問題有什麼關係嘛……妳也感興趣吧？」

「……嗯，是啦。」

到剛才都還很尷尬的我們，回過神來才發現已經變成能輕鬆交談的氣氛。

理由我當然不用說，也不應該說了。

感覺一旦出聲，未來就會改變。

當我搖著努力要忘記這一點的腦袋時，悠似乎整理好思緒了。她開口這麼說：

「閉上嘴巴保持沉默的話，我覺得很像。」

「開口就不像了嗎？」

「是個很多話的人嗎？」

「比黑貓吵一百倍喲。該怎麼說呢，姊姊她——」

面對追加的問題，悠把雙手舉到臉的旁邊，做出威脅般的動作。

「就是『嘎喔～』的感覺。」

「那是什麼。」

「嗯嗯……黑貓就是黑貓——不是會有這種感覺嗎？」

「的確有。」

又黑又嬌小，可愛且捉摸不定，自尊心強，很不容易親近。

「對吧？另一方面，我們家的姊姊身材嬌小，又不知道該說是狂野……還是猙獰……把她丟在房間裡就會作亂，把所有東西摧毀。」

「……是很恐怖的人嗎？」

「讓人火大的傢伙！」

回答得太快了吧！有種完全毫不猶豫就說出真心話的感覺。

「她很粗暴，立刻就會動手，因為腕力相當強，所以跟她吵架也打不贏，只會對我丟出超任性的發言，即使把人捲入麻煩事也不會愧疚，真的是個麻煩的傢伙。」

悠露出氣沖沖的模樣。

雖然對悠不好意思，但是真的越聽越有趣——

我用只有黑貓聽得見的聲音對她說：

「……在說姊姊壞話時，悠整個人看起來超有活力。」

「……就跟某個人在說妹妹壞話時一樣。」

「…………………」

我只能苦著一張臉閉上嘴巴。

黑貓看著悠說：

「對妳姊姊的印象有了很大的改變。即使興趣與嗜好跟我相似，戰鬥力竟然相當高，這可真是意外。」

明明可以用更加直接的方式來詢問，黑貓卻刻意用迂迴的形式來發問。

悠苦笑著回答：

「姊姊小時候為了報復霸凌的孩子而學了空手道，現在已經是黑帶了。」

「太沒有武德了吧。」

戰鬥力高的中二病患者，這應該很難搞吧。

父母親的教育到底怎麼了……………內心有相當複雜的情緒。

悠以索然的表情說：

「真的希望她不要再用黑帶的能力來虐待妹妹了。年齡相近的同性兄弟姊妹，最後時常是由力量強大者變成暴君。我才不是姊姊的奴隸啦。」

「異性的兄妹也是一樣。能力強的變成暴君來單方面虐待另一方。晚上會擅自潛入房間，甩巴掌把你叫起來。真的不敢相信。我才不是妹妹的奴隸哩。」

「……有種令人感到戰慄的真實感喲。」

「……我可能是首次在抱怨大賽裡落敗。」

高興吧，桐乃。妳幹的好事在抱怨大賽裡無人能敵喲。

能夠對抗的大概只有妹妹是瀨菜的赤城了吧，但那個傢伙絕對不會抱怨妹妹，所以實質上是無敵了吧。

我們之間進行的對話，全都是關於妹妹和姊姊的話題。

即使暫時聊到其他事情，最後還是會回到家人的身上。

不知不覺間，發給我們的煙火幾乎快放完了……

我們將最後一根點燃。

這是仙女棒。

三人圍成圈蹲了下來。

靠著這樣的陣形，從夜風中守護著微弱的火光。

「…………」

「…………」

「…………」

我們默默地凝視著最後的煙火。

啪嘰、啪嘰、滋滋滋……從中心燃燒的火球爆出小小火花後消失無蹤。

手上的仙女棒一點一點、一點一點變短。

這個火球掉落後，今晚就要散會了吧。
漫長的一天結束，與悠的別離也會靠近一步吧。
就像感受到我們的情緒一般，火球一直沒有掉落。
這一定是來到這座島之後最長的時間了。
「京介、黑貓啊。在回去之前……」
悠著迷地凝視著仙女棒，並且丟出一句：

「……我想做人生諮詢。」

選擇這句台詞，是因為她知道那件事？或者只是偶然？
又或者是因為我丟出來的抱怨當中也包含了這個詞呢？
就算是這樣也沒關係。
我們一瞬間稍微瞄了一下對方的臉。
「……呵呵。」「……哈哈。」
然後笑著點點頭。有種莫名的滑稽感。
看見我們這樣的態度，悠當然感到氣憤，她可愛地鼓起了臉頰。

「你們兩個，我都散發出這麼嚴肅的氣氛了，你們到底在笑什麼。」

「抱歉……呵呵，但是……該怎麼說才好呢。」

「稍微有點懷念對吧──嗯，妳別介意。」

「是沒關係啦。那麼──願意幫我諮詢嗎？」

答案當然是肯定的。

「那還用說嗎？」

「交給我們吧。」

我們一起說道並且露出微笑。

「……謝……謝謝。」

悠雖然對我們極度配合的態度感到狐疑，最後還是斷斷續續地開始說著：

「我的煩惱呢……我想你們已經知道了，就是關於我姊姊的事情。」

黑貓點點頭，以動作催促她說下去。

「從很久之前──我就搞不懂那個人在想什麼了。以前我們的感情明明很好。現在關係變得很差……應該說……我實在無法跟上她的腳步了。」

這次換我附和並且要她繼續說下去。

「從孩提時期就是不講理、蠻橫又任性的人，但最近變得更嚴重了。像這次事件也是因姊妨而起。為什麼她就那麼壞心眼呢……唉……」

蹲著的悠，手中的煙火發出「啪嘰嘰」的聲音閃爍著。

「……抱歉喔，突然說這種話。像這樣找沒見過姊姊，根本不清楚我們平常是怎麼樣的你們商量……你們會很困擾吧。」

說完就無力地發出「嘻嘻」的笑聲。接著又表示：

「雖然很清楚這一點……但即使如此……我還是想跟你們商量。」

那是為什麼呢？

我沒有這麼問。

因為這應該是禁止事項。

但還是覺得應該全力回答她的問題。

因為這是只能跟「現在的我們」商量的事情。

「確實如此。」

黑貓以溫柔的聲音說：

「我們沒見過妳的姊姊。雖然從妳這裡聽到許多關於姊姊的抱怨……但這也表示我們只聽到妳單方面的說詞。姊妹吵架的時候，不好好聽雙方的說法就無法仲裁喲。」

不愧是長女。說得一點都沒錯。

當我感到佩服時，悠似乎覺得氣憤。

「……妳是想說，我只說有利於自己的證詞嗎？」

「不是這樣。我也有兩個妹妹。上面的妹妹是小學五年級。最小的是一年級。兩個妹妹吵架的時候……經常發生兩個人的說法完全不同的情形。」

……日向小妹，妳竟然跟小學一年級的妹妹吵架嗎？

「這種時候，不是要找出究竟是誰說謊……也有因為誤會或者對對方的行動有了錯誤的解釋……像這樣的誤解而造成的吵架。」

當然從另一方面來看，很多時候都是大妹不對就是了，黑貓又加上這樣的結論。

喔喔……竟然有如此糟糕的姊姊……

雖然只講過一次電話，但確實有點輕佻的感覺。

悠低下頭，思考了一陣子，最後抬起頭來說：

「我們姊妹也有可能只是誤會。黑貓妳是想這麼說嗎？」

「誰知道呢。正如我剛才所說，我沒見過妳的姊姊啊。」

「……那又怎麼會知道呢。」

「妳的姊姊跟我很像不是嗎？那就可以想像——如果妳是年齡跟我相近的妹妹會怎麼樣。」

「————」

黑貓在瞪大眼睛的悠面前閉上雙眼……

「妳是我的妹妹，我們一直在同一個屋簷下生活的話…………」

她以自嘲的口氣說著。

「一定會因為太過嫉妒而無法跟妳太要好。」

「……嫉妒？黑貓妳——嫉妒我？」

「是啊。妳是很優秀的妹妹。處事……非常非常圓滑的女性。開朗又可愛，而且身負各種才能，總是那麼地樂觀且充滿能量，不論跟誰都能馬上變成朋友——跟我完全相反。打從一開始就具備我想要的種種。如果這樣的對象以妹妹的身分待在我身邊的話。我的心情怎麼可能會平靜。」

「……是這樣嗎？」

「是啊。實際上妳僅僅幾天就把我的自尊摧毀殆盡——明明連姊妹都不是。如果是還沒遇到那個女人之前，我應該會沮喪到再也無法振作吧。」

「我懂喔。『完美超人的妹妹』真的很煩人。」

身為被同一個對手擊敗的伙伴，當然很有同感。

我的腦海裡浮現那「某個人」的臉龐後，黑貓的喉嚨就發出咕一聲。

「反過來說，悠對於姊姊有什麼想法？她對於妳這個妹妹，擺出一副高高在上的態度對吧？像要表示『自己比較優秀』一樣，老是強行邀約並且把妳耍著玩對吧？」

「——我很尊敬她。」

黑貓以感慨良多的口氣吐露出心聲。

「我沒辦法像她那樣——很像我？呵，妳開玩笑吧？她比我厲害多了。因為面對如此優秀的妹妹，她還能夠保有作為姊姊的聲勢。」

「…………………」

聽著黑貓說話的悠，從剛才就一直愣住了。

聽到意料之外的內容——就是這樣的表情。

黑貓又繼續說：

「妳說妳的姊姊是『為了向霸凌者復仇而學空手道』對吧。」

「嗯……嗯。」

「順利復仇了嗎？」

悠露出「為什麼要這麼問的表情」……

「不，沒有喔。應該說，不用報仇也沒關係了。因為我好好跟霸凌的小孩子談過後變成好朋友了。」

悠輕鬆地如此表示。

黑貓則是以超級不高興的表情皺起眉頭。

「我不是很懂，為什麼姊姊的問題要妳擅自出面幫忙解決？」

「因為是『我們姊妹受到霸凌』。用姊姊的解決方法實在太花時間了，而且以暴力來解決的話很可能會造成其他麻煩——因此就由我……」

「就是這種地方！」

明明話才說到一半，黑貓就用手指嚴厲地指著悠。

怎……怎麼了黑貓，今晚不斷發出巨大的聲音耶。

「什……什麼叫做就是這種地方？」

感到困惑的悠不停眨著眼睛。黑貓則是很焦躁般繼續說道：

「我敢確定，當妳解決霸凌問題的時候，妳姊姊一定生氣了吧。」

「嗯！妳怎麼知道！那個笨蛋姊姊超級生氣的，我們還吵了一架……啊～！回想起來真讓人火大！明明只要跟我說一句『謝謝』……我就……我就心滿意足了！可惡！竟然揍少女的臉！」

「只能說妳們是半斤八兩喲，笨蛋。」

「好痛！」

黑貓賞了悠一拳。悠兩手按住自己的頭部……

「為什麼？」

「哼，妳諮詢的內容是『搞不懂姊姊在想什麼』對吧。我想對方也有同樣的感覺。『無法理解妹妹的想法』、『真讓人火大』、『為什麼不懂我呢』——大概就像這樣。」

「咦……咦咦～？」

「妳的行動很符合常識，而且理性又合理。甚至讓人覺得不像孩提時期發生的事——但是，妳錯了。」

「……那我該怎麼做才對呢？」

面對像被斥責的孩子般如此問道的悠，黑貓自信滿滿地表示：

「如果妳『實際採取的行動』算是下策，那麼中策就是『任由妳姊姊報仇』喲。這樣的話，妳姊姊就能靠自己的力量保護妹妹，可以大大地滿足她的自尊心。心情上較為寬裕，說不定就會成為對妹妹很溫柔的姊姊了。」

「嗚咕……雖然有很多話想說……不過上策呢？」

「就是『姊妹一起復仇』喲。」

有人說出很恐怖的話嘍。

「如果當時的妳這麼做，一定能夠成為感情很好的姊妹才對。」

「妳是認真的？」

「那還用說。」

黑貓以認真的表情點了好幾次頭。

「黑……黑貓啊。面對超重要的人生諮詢，這種回答真的可以嗎？」

「哎呀，學長。有什麼問題嗎？」

「沒有啦……因為……」

按照籠統的故事，上策並非一定是最好的作戰，而是最為激烈的作戰。從這方面來看，這或許可以算是上策啦。

「妳的建議會不會太極端？」

「如果我是姊姊，就會希望妹妹這麼做。」

她完全不願意變更自己的論調。

「等……等一下……我無法接受！因……因為復仇什麼的，就算這麼做也只是徒增空虛而已吧！」

黑貓「唉……」一聲嘆了長長的一口氣。

「妳這個笨蛋，這樣不是會一吐怨氣嗎？做個了斷之後，不就可以繼續前進了嗎？突襲可恨的傢伙，讓他們哭喪著臉，然後高高在上地嘲笑他們——這個世界上沒有比這更痛快的事情了吧！」

「…………」

說不出話的悠保持著沉默。

黑貓妳這傢伙……妳這傢伙……就連跟桐乃吵架的時候，都沒發出這樣的聲音吧。

到底多想強調妳的主張啊。

「給我仔細聽好了——復仇不會帶來任何好處只是謊言。復仇會帶來『快感』喲。」

黑貓瞪大眼睛，單手手掌向上，擺出像魔王一樣的動作。

「光是靠『以復仇作為題材的作品』獲得的擬似體驗都能讓人如此著迷了，自己完成復仇怎麼可能不感到快樂。從『該怎麼復仇才好』的準備時期開始，就每天充滿幹勁感到非常開心了。執行的時候就更加爽快且高興。像這樣完成復仇之後，就能充滿『啊啊心情真好』的滿足感來繼續前進。妳的姊姊一定是想這麼做——但是卻被妹妹給毀了。而且還擺出『感謝我好嗎』的態度。」

「身為姊姊，當然會想揍人吧。」

一口氣說到這裡，黑貓就吐出長長的氣息。

面對這樣的黑貓，我就以感到佩服的眼神開口表示：

「妳這傢伙……虧妳能如此生動地描繪出那種狗屁女人的恐怖想法。」

「不准妳說姊姊是狗屁女人！」

「剛才的預測如果準確，那我實在無法贊同她喔。明明還只是個小鬼，性格也太扭曲了吧。」

完全是父母親的教養方式不對。不能夠太寵這種小屁孩啊。

我的話一定會嚴格管教。不會錯的。絕對會。

「哎呀，學長。妳是想說連我的性格都很扭曲嗎？」

「嗯。現在想起來，妳本來的確是這樣。」

最近黑貓好的一面太過醒目，讓我都給忘了。

變成戀愛腦之後，整個人就暈船了。

黑貓是重友情，為了家人能夠犧牲自己的傢伙，而且很愛擔心，溫柔又堅強，也會替別人著想——但就算是這樣。

這傢伙卻不是什麼好人。她的個性確實相當扭曲。

她是以對讀者、玩家以及人世間復仇為原動力，將這種動力灌注在創作上的人。也是會因為太過嫉妒而吼出抱怨的人。

「喂……喂！京介？」

悠看著突然口出惡言的我，露出了產生強烈動搖的模樣。

黑貓本人則是很開心般以喉嚨發出「呵呵呵……」的響聲。

「不要忘了。這就是我喲。」

「了解。」

我們輕輕互碰了一下拳頭。悠以無法理解的眼神望著做出這種舉動的我們。

「所以呢……姊妹吵架最重要的是互相理解與妥協喔。那麼，以上就是我的建議……學長有沒有什麼話要說？」

「這個嘛……」

我稍微思考了一下……

「為了慎重起見還是確認一下，悠——妳想跟姊姊和好對吧？所以才會找我們商量沒錯吧？」

然後這麼問道。

「那是當然了。」

立刻就得到回答。我看見她的反應後就更有自信了。
「那就沒問題了。妳們的感情絕對能再次變好。」
「……為什麼你能如此斷言？京介你明明還沒見過姊姊啊。」
「因為從妳以及從妳話題中出現的姊姊身上，都傳來妳們很在意對方的氣氛。雖然妳說想和好……但老實說，我的感想是妳們的感情明明很好。」
「一點都不好！最討厭她了！」
「但妳想跟她和好吧？」
「這個嘛……是沒錯啦……但現在感情不好，我也討厭現在的姊姊。」
「那果然比我好多了。」
「咦？」
「我們的情況更糟。」
很久很久以前——
有一對感情很差的兄妹。
「我和妹妹形同水火。即使住在同一個屋簷底下也完全不說話，甚至不看對方……互相超討厭對方，還想著那個臭傢伙怎麼不去死——……根本無可救藥。連和好這樣的想法都沒出現。我早已放棄掙扎，覺得一輩子應該就這樣了吧。」

「——就連這樣的我們，在經歷許多事情後……現在也稍微改善了。」

所以妳們一定沒問題才對。

我們都能成功了，妳們怎麼可能辦不到。

我以自身的經驗來鼓勵悠。

「嗯，其實現在的我要說已經跟那個傢伙和好也有點奇怪，目前還是很討厭她，不在家裡之後也安靜多了，甚至覺得乾脆不要回來好了。」

「根本沒改善嘛！」

「但我還是希望她能夠健康地好好加油喔。」

這是我的真心話。因為不說真心話就無法讓對方了解。

「每當我打噴嚏時，就會擔心那個傢伙會不會感冒了；每次吃飯的時候就會在意那個傢伙有沒有好好地用餐；每次經過那個傢伙的房間前面，就會浮現『快點滾回來吧』的索然心情。」

「學長？你的發言參雜了矛盾的內容喔。」

「是啊。但全部是真心話。超討厭但又擔心對方，希望對方快點消失，但不在時又很寂寞。我們就是這樣。兄妹和姊妹不都是一樣的嗎？」

抱歉只能給這種莫名其妙的建議。

如此道歉之後，悠就搖了搖頭。

「這樣啊……也可以喜歡討厭的傢伙嗎？」

接著吐露出這樣的呢喃。

「這個想法很不錯呢。」

「對吧？」

嗯，不過我不喜歡我妹妹就是了。

「妳是明天——舉行祭典當天的晚上要回去嗎？」

「大概吧。按照我所知道的流程，應該是這樣沒錯。」

好像說過這個宿營會發生某個「事件」之類的。

那個事件對悠來說是絕對不能改變的極重要事項。

那個結果出來之後就回去——是吧。

「在那之前都能一起玩吧。」

「嗯！」

悠做出充滿元氣的回答。黑貓則微笑看著她那種模樣。

「祭典時有煙火大會對吧？我們三個人一起去看如何呢？」

「哦，不錯呢。好像還有夜市呢。」

我和黑貓雖然興高采烈，但是悠卻愣在當場。

「……可以嗎？我不會當電燈泡？」

「怎麼會呢。對吧？」

「嗯……我們現在有了這種心情，這就表示……應該不會影響到妳的回歸才對。難得有這個機會相遇，就一起玩到最後一刻吧。」

這是帶著好幾種想法的發言。沒有人去觸碰自身想法的內部核心。

即將跟在島上邂逅的好朋友別離——

就是如此簡單的事情。就決定把它當成是這樣。

「這樣啊。那我就不客氣了。」

悠發出「嘻嘻」的笑聲。

「真期待明天。」

於是我們就一直凝視著仙女棒。

那是一段很長、很長的時間。

感覺就像是……好幾天、好幾年一樣。

最後前端的火球終於掉落。
三根仙女棒同時燃燒殆盡。
單調地掉落到地上，然後就此結束。
手持類煙火在施放的時候是很開心，但最後卻會留下很哀傷的心情。
我回想起很久以前，孩提時期……家人一起放煙火時，妹妹最後哭了的事情。
我抬起臉來。
眼前是黑貓的臉龐。
「結束了呢。」
「是啊。」
「收拾一下吧。」
「說得也是。」
嘴裡雖然這麼說，但我跟黑貓都還是蹲在地上。
有一根燃燒殆盡的仙女棒掉落在我們旁邊。
在社長來叫我們之前，我們兩個人就一直凝視著那根仙女棒。
——感覺好像忘記了什麼很重要的事情。
即使夜晚過去到了隔天早晨，這樣的想法依然沒有消失，反而越來越強烈。

雖然「飛天祭」並非有許多觀光客聚集的大型祭典，但社員們因為自己出力幫忙的緣故而顯得樂在其中。

祭典的準備、遊戲的取材以及其他的各種作業——

結束所有應該在宿營完成的事情，每個人都為了享受所剩不多的非日常而喧鬧著。

完全沒有像我這樣，露出帶著無法釋懷的鬱悶模樣。

力量受到看重的赤城，甚至還特別被選為扛神轎的人員。

看見發出喊聲在街上昂首闊步的哥哥後，瀨菜高興到發了狂般拍著照片——用的是從我這裡搶走的數位相機！

到了傍晚，我就跟黑貓一起逛著並排在商店街裡的攤販。

今天的她跟第一天一樣穿著純白洋裝。

隔了好幾天才再次看見的那種模樣實在太適合黑貓，甚至讓我無法直視她。

現在——我正跟意中人一起去參加祭典。

這是讓人心臟快要跳出胸口的情境。

我們在攤販買東西吃，然後玩套圈圈與打靶時黑貓超級活躍，差點被人群衝散的我們牽起了手——

這完全是約會。沒有逃避的藉口了。

超超超超超開心的喲——但是呢。

「學長啊…………我們…………是不是忘了什麼？」

「真是太巧了。我也一直有這種感覺。」

胸口被針刺著的感覺一直揮之不去。

我停下腳步，回頭看向背後。

不知道從島上什麼地方湧出來的擁擠人群塞滿了道路。

……我剛才是在找誰呢？

真的搞不懂。

「學長？」

「欸，我們在這次的宿營……調查了什麼？」

明明問的是十分明顯的事情，黑貓卻沒有露出任何厭惡的表情，直接回答：

「為了取材，我們調查了『島嶼傳說』喲。像是『神隱』、『飛天大人』，還有『犬槇神社』的由來……等等事情。」

「嗯，確實如此。這我想得起來——但妳不覺得很多地方有漏洞嗎？」

「咦？」

「我們應該結束所有預定的取材了。但是回想時間順序的話，不覺得有許多缺漏嗎？沒錯，比如說——首日的傍晚。我們明明為了拍照而出門，數位相機裡卻沒有首日拍的照片。應該在首日拍的照片變成了『其他日子拍攝』——這是為什麼？」

「那是——……為什麼呢……我想不太起來了。」

「我也是。其他還有許多像這樣的缺漏……這到底是怎麼回事？當然也可以解釋成只是自己想太多了。」

明明感覺是很重要的事，卻怎麼樣都想不出來。

我微微低頭，抓住自己的右胸。

「超級鬱悶的。該怎麼說才好呢……像是桐乃交給我門檻很高的十八禁遊戲，結果完全忘了要玩就過了一個星期。」

「學長，這個比喻爛透了。」

黑貓白眼瞪著我。

「但我了解你的心情。」

「這樣下去根本沒有心情看煙火了。」

也無法延續昨天的那種氣氛。

「是啊。」

所以真的很懊惱……但也沒辦法。

「那我們就別去看煙火——」

——咦咦咦！等等！那樣不行啦！

感覺可以聽見這樣的聲音。

「……黑貓，妳剛才說話了嗎？」

「沒有啊。怎麼了嗎，學長？」

「沒有啦…………」

我的脖子後面感覺到視線，於是再次回頭看向背後。但就算這麼做，看見的景色還是沒有改變。看吧，前方依然是擁塞的人——

不見了。

並排著攤販的商店街裡沒有任何人在。就連刺耳的蟬鳴聲都消失了。

我和黑貓都瞪大眼睛說不出話來。

明明陷入最大等級的混亂當中，身體卻自然動了起來。

就像理解應該做什麼事情的不是頭部而是全身。

我們在人群消失的道路上筆直前進。穿越商店街後往南走。

強烈的似曾相識感晃動著下沉的記憶。

蕎麥麵店的旁邊豎立著古老的導覽看板。

——沒錯，在這個轉角轉彎。

著急的我腳步逐漸加快。黑貓開始氣喘吁吁，當她跟不上我的速度時，我就對她伸出手來。

柔軟的感觸。

我牽著她的手在行人步道上前進並且爬上長長的石梯。

鑽過簡樸的鳥居。

脖子後方爆出靜電般的不對勁感覺。

該處不是施加了裝飾的境內。

只孤零零地矗立了一座小小的神社。

然後——

「嗨，京介、黑貓。」

又見面了。

白色少女很害臊般這麼說道，接著舉起一隻手來。

「你們兩個……以流程來看完全是要去看煙火了吧？為什麼準備做出其他的選擇。這和預定不同耶。」

「笨蛋。那是因為妳突然消失了吧。」

黑貓用的是跟斥責桐乃時同樣的語氣。

「對啊。內心那麼牽掛，根本無法集中精神看煙火吧。」

我也自然地擺出告誡妹妹一般的態度。

「不是約好了嗎？」

「唔……我也不想違背約定啊。但突然就變成那樣……不過，我也算是一直跟你們在一起喲。」

只不過我們看不見她而已。

……她確實說過祭典當天晚上要回去。

「……可以順利回去嗎？」

「嗯，馬上要走了。我感覺得到。這次真的要告別了。」

純白模樣的她，身形變成前所未見地稀薄。

似乎立刻就要像霧一樣煙消雲散。

「這樣啊……我會感到寂寞的。好不容易才多了一個朋友。」

「謝謝。但我們還會見面的。只要京介好好努力的話。」

「喂喂，那是什麼意思？」

「就是那種意思喲。」

她用手指戳了一下我的鼻子……

然後發出「呵嘻嘻」的笑聲。

真是的……現在才發現真的太像了。

不是像某個人。她跟每個人都不是那麼像。

但是……許多部分又像我認識的一些人。

有點像日向小妹。

有點像桐乃。

有點像黑貓。

也跟我有點像的——來自未來的美少女。

這樣的她，到最後都沒說出真正的名字。

我跟黑貓也到最後都沒有問她。

她就是在島上邂逅的不可思議朋友。

這樣就夠了。

我輕輕對即將別離的友人說：

「我知道的。不用擔心。」

「真的沒問題嗎～？京介你其實有靠不太住的一面喲～」

「吵死了，快回去啦！」

我發出「噓、噓」聲並且用手趕著她。

「然後好好跟妳姊姊聊一聊。」

「你——不會要我跟她和好？」

「因為我自己也討厭別人對我這麼說——照妳自己的意願就可以了。」

「嗯。我知道了。就這麼辦。」

「嗯。就這麼辦吧。」

該說的話就此結束。

像要跟我交替一樣，黑貓怯生生地來到前面。

「…………真是傷腦筋。」

「黑貓？」

「這種時候……應該說些什麼才好呢……我實在不清楚。」

啊……啊……出現鼻音了。

突然跟好友離別後才經過半年而已。

這個重感情的傢伙……當然會變成這樣啦。

「不要哭啦，黑貓。」

白色少女靜靜撫摸黑貓的頭。

就像姊姊對待妹妹一樣……

「雖然妳一直稱讚我，但其實我不是那麼優秀的人。無論如何都想不出讓妳停止哭泣，然後帥氣說掰掰的方法。」

「……我們會忘記妳的事情吧。」

「嗯……這次記憶會在沒有任何不對勁的情況下消失，然後再也無法想起。」

這是早就知道的事情。

因為到剛才之前，我們的記憶還有許多漏洞。

但是重新說出來後就覺得原本如此。直接接受了這種情形。

白色少女依依不捨地抱緊黑貓。

「在圖書室看見報紙了吧。我一定也會像那些女孩子一樣，忘記所有事情然後在未來醒過

來。一起來就發現感情很差的姊姊在身邊，然後像平常一樣開始吵架。」

從你們這裡獲得的重要建議將消失不見。

一個星期的回憶、經驗都全部倒帶並且歸零。

「沒有任何事物能帶回未來。我想應該是這樣……最後我在這裡還是沒有改變任何事情。修正扭曲回復原狀。所以我才能回去。」

正如她自己所說的，她無法停止懷抱中的少女繼續哭泣。

那只會讓離別更加難過。只會讓自己也快要流眼淚。

只不過……

「也是呢。」

黑貓自行停止哭泣。她將身體移開，從近距離往上看著白色少女。

「妳的時間旅行沒有任何意義。和妳一起度過的記憶將消失得無影無蹤，和妳一起共度的時間、和妳交談的對話都不會對我的未來有任何影響。今後一輩子都不會想起來。」

「……是啊。」

「那又怎麼樣？」

依然帶著鼻音的她，逞強地這麼說道。

「這一個星期，我真的很開心。妳又如何呢？」

「開心啊！非常！非常開心！」

「那就好了。正因為妳也這麼想，才能毫無保留地遊玩吧？」

比我們更加聰慧的她，應該很早之前就注意到了吧。

但是卻比任何人都盡力來享受這逐漸消失的日子。

「嗯……！」

「真是太巧了。我現在也是這樣的心情。」

兩個人得到同樣的結論。

就是享受不久後便會消失的無意義日子。

「黑貓。」

「什麼事？」

「雖然有點太遲了……不過……妳願意當我的朋友嗎？」

「好吧。就甩開某個背叛者，授予妳我的好友排名第二名的地位吧。」

「那是什麼……我不能當第一名嗎？」

「抱歉。因為第一名對我有恩，所以無法變動喲。」

「啊哈，那我只好忍耐當第二名了。哎呀，時間差不多了。」

「這樣啊，那麼今天就先道別吧。」

兩人互相退了一步。這是今後永遠不會縮短的距離。

但是我們卻輕鬆地交換著最後的發言。

「嗯，黑貓、京介。真的很謝謝你們。」

「別感冒嘍。」

「保重。」

「好喔。那麼，再見了。」

「砰」一聲，發射出去的煙火開出美麗的花朵。

眼睛在極短暫的瞬間被鮮豔的煙花吸引。

——咦，我們在這裡做什麼啊？

我們就在空無一人的境內並肩看著煙火。

對了。我和黑貓約好要來看煙火。

前後的記憶之所以模糊不清，是因為我心情極度緊繃的緣故吧。

悄悄看向旁邊，發現黑貓正抬頭看著夜空。

或許是看煙火看得入迷了吧，她像是被神靈附體般眼睛虹膜的顏色相當淡。

那種模樣實在太過美麗，甚至讓我站不穩腳步。

啊啊，可惡。

明明那麼熱絡地進行著意象訓練，現在全都忘記了。

每次都是這樣。

最後我都只能隨機應變。

「——學長。」

「呃，嗯……怎麼了？」

當我在計算時機時，對方竟然先跟我搭話了。

好不容易回答完，她就依然看著天空……

「宿營好開心喔。」

她丟出這樣的呢喃。

「嗯。」

這次很自然就做出回答。

「幸好我來參加了。」

「來參加當然很棒啦。這都要謝謝妳的家人。」

「我爸爸很想見你喲。」

「……真的假的？」

喂喂，這是在牽制我嗎？

實在很不想去見意中人的爸爸。

「學長啊……我有很重要的事情要說……你願意聽嗎？」

「不行。」

這時黑貓終於看向我的臉。

我一瞬間說不出話來。

——來，京介，你不是說會努力嗎？

感覺有人在背後推了我一把。

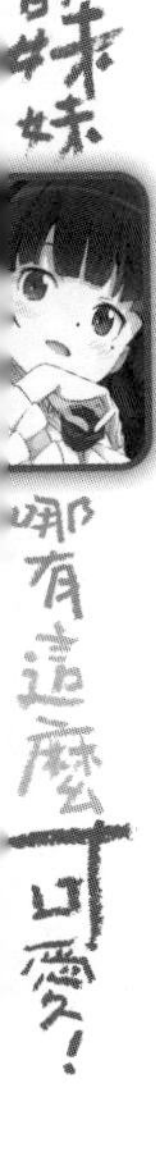

「我也有很重要的事情要說。妳先聽我說吧。」

「咦——」

黑貓似乎嚇了一大跳。

神靈附身般的氛圍消失，露出慌亂的動搖模樣。

面對這樣的她，我丟出應該跟她想像中不同的言詞。

「我作了個夢。」

「……什麼樣的夢？」

「在這裡之外的某個地方，和妳一起看煙火的夢。

在這裡之外的某個地方，教妳游泳的夢。

在這裡之外的某個地方，妳對我說「重要事情」的夢。

雖然記得不是很清楚，但只留下懊悔的心情。所以才想由我來開口。」

「我喜歡妳。請跟我交往吧。」

「……我……性格很扭曲喲？」

「我知道。就是這樣才棒。」

「很陰沉，又不會說話……跟我在一起可能會很無聊喔。」
「這半年來不是一直跟妳在一起嗎？如果能持續一輩子的話就太棒了。」
糟糕，怎麼好像在求婚一樣！搞砸了。這樣實在太沉重了……！
「那個……可以告訴我答案嗎？」
我一這麼問，女孩的眼裡就溢出淚水。
緊接著……
「……好的。請多多指教了，學長。」
她露出了很開心的笑容。

之後過了很長一段時間。

我再次來到這座島上。

真的很令人懷念。

在安靜的境內，兩個人並肩抬頭看著煙火並且告白的那天晚上。

那是很久以前的事情了。雖然大部分的記憶都因為年代久遠而模糊，但那一天接受我告白的妻子，當時臉龐就跟昨天一樣隨時可以回想起來。

我每次都會重新為之著迷。

我們一家住宿在某間氣氛與三浦莊極為相似的民宿。

寬敞的和室讓人聯想到和遊研那群傢伙住的房間。

其實這是妻子的提案，她表示要好好享受青春時代的鄉愁。

我把身體重重地靠到搖椅的椅背上。

然後朝對面的妻子——高坂瑠璃搭話。

「那兩個小的跑到哪裡去玩了？天色已經變暗嘍。」

「好像說要調查『神隱』傳說喲。」

靜靜回答的她，甚至比少女時代更加美麗。
長長的黑髮與雪白肌膚都沒有變化，而且還帶著一股妖豔的魅力。
傾國的美女。就算我深深為妻子著迷，用這樣的字眼來形容她還是一點都不誇張。
坐在椅子上的瑠璃，大腿上放著裱了框的畫。
那是一張從素描簿上撕下來的極普通紙張，說是一幅畫，其實上面沒有畫任何圖案。完全是一張白紙。
據說——是那次的宿營裡面，不知道什麼時候參雜在瑠璃的行李裡面。
這種來歷不明的物品，不知道為什麼我跟瑠璃卻都把它當成重要的寶物。
甚至像這樣在旅行時把它帶在身邊。
嗯，對我們來說，那次宿營真的是很特別的體驗，同時也是我們開始交往的契機，所以只要是「相關物品」，不論是什麼東西都會當成寶物吧。
「璃乃那種幹勁十足的模樣，說不定真的會遭遇『神隱』喲。」
「喂喂，妳也稍微擔心一下孩子啊——我去找她們吧？」
「應該不要緊吧，悠璃也跟她在一起。」
「……說的也是。悠璃也一起的話應該沒問題吧。」
腦海浮現可靠次女的臉龐，心情也輕鬆多了。

但接著又浮現魯莽長女的模樣，果然又開始擔心起來了。

「……真是的。」

「呵呵……好久沒有像這樣兩個人獨處了。」

「……是啊。這麼一想，就覺得這樣也不錯。」

雙胞胎長大後，正覺得可以不用擔心她們……結果換長男的叛逆期變得更加嚴重，然後第四個孩子出生，一直沒有時間好好休息。

「那兩個孩子一定是替我們著想才會這麼做。」

「不是吧，真那麼貼心的話，就不應該跟來當電燈泡了。」

「說得也是……哎呀，才剛剛提到，探險隊就回來了。」

「啪噠啪噠」的吵雜腳步聲朝我們靠近。

最後紙門打了開來，兩個少女衝進房裡。

「爸、媽，我們回來了！」

高坂悠璃。身穿涼爽上衣的少女，以那副讓人聯想到過去桐乃的魔鬼身材發散著快活的魅力。

學業優秀、容貌端莊美麗，性格平易近人且有許多朋友，可說是完美無缺的超人。

她是大概一億年才會出現一個的超級美少女，也是我引以為傲的次女。

另一方面，沒有打招呼就直接進房的哥德蘿莉少女，筆直地朝我走過來……

「京介！京介！你聽我說！」

對方用力抱緊我。就像是貓科的肉食動物露出尖銳牙齒，撲向自己的獵物一般。

「喂喂，說過好幾次要叫我爸爸了吧——怎麼了，璃乃？妳看起來很開心嘛。」

「呼！呵呵呵！驚訝吧……我終於成功昇華為神了！」

「這樣啊，璃乃真是了不起！」

我內心雖然狐疑地想著「這傢伙在說什麼啊？」，但還是用力撫摸著女兒的頭。結果璃乃就緊閉起眼睛，很高興般任由我撫摸。

這個讓人看不下去卻又宇宙第一可愛的生物是高坂璃乃。

另一個名稱是第三代黑貓。

……你問說第二代是誰？因為當事者似乎想把它當成黑歷史，所以我就不提了。

好了，我們回到第三代的話題，身為我們家長女的璃乃，外表就跟剛遇見時的黑貓一模一樣。要說到有什麼不同嘛——

大概就是言行舉止更加中二、運動神經發達而且健步如飛、時常開口大笑以及戀父情結有點嚴重等地方吧。

「呵呵！繼續誇獎我啊，京介！」

鑽鑽鑽鑽！璃乃把額頭當成鑽頭般壓進我的胸口。

「嗯！誇多久都沒問題喲！」

我就老實說吧。我很疼愛這個長女。

給予她無限的零用錢。也給予她無限的寵愛。

每當我這麼做時——

「那邊的笨蛋父女請適可而止。」

「爸爸太寵璃姊了。」

都會遭到太太與次女責罵。

「我有什麼辦法嘛……都是女兒們這麼可愛不好……」

「咦咦？我覺得自己最近很像沒有受寵耶？」

「妳……妳也可以來抱我喲？」

「才不要。爸爸好噁。」

「…………」

女兒說的好噁給我很大的打擊。

咕唔唔……竟然模仿桐乃姑姑的行為。而且連輕蔑的表情都模仿地維妙維肖。

我為了改變話題而乾咳了一聲。

「然後呢？妳們為什麼這麼晚才回來？」

「這個嘛，我們為了調查『神隱』傳說而在島上到處參觀——」

我聽著悠璃的說明。

雖然是讓人摸不著頭緒的發言……但是據說兩個人去參觀神社後似乎就睡著了。之所以用「似乎」這樣的形容，是因為兩個人都不記得快睡著之前的事情了。

她們表示醒過來時已經是這個時間了。所幸沒有受傷或者是遭到偷竊——

「太危險了……妳們是女孩子耶。」

「就是說啊。叮嚀過妳們多少次了，妳們還是跑到危險的地方還弄髒衣服……收斂一點好嗎？」

「都是悠璃不好！悠璃硬把我拖去的！」

「啥！我就知道妳一定會這樣說！太會騙人了吧！」

「京介，你相信我吧？」

「不不不，現在的妳就是一副在說謊的表情。把罪推到妹妹身上可不是什麼值得鼓勵的事喲～？」

「爸爸！請嚴厲地罵罵她吧！」

「很……很嚴厲了吧？」

「一點都不嚴厲！還露出害臊的樣子，真是的～～～～～～～～！我最討厭姊姊了！這個戀父中二病女！太噁心了！」

「妳說什麼！竟然想反抗神明，妳好大的膽子！」

嘰咿咿咿咿……！　咕唔唔唔唔……！

雙胞胎姊妹就像這樣狠狠瞪著對方。

「妳們兩個感情真好耶。」

「「一點都不好啦！」」

竟然異口同聲。感情果然很好嘛。

「話說回來悠璃。剛才璃乃說神明什麼的，是怎麼回事？」

「沒有啦，她說作了變成神明的夢。只是平常的那個又發作了，不用管她沒關係。」

「哼哼哼！不是作夢喲。我開啟通往異世界的門，完成身為神明的使命然後回來了。回到出發前往旅行之前的同一個時刻。」

「好啦好啦，很厲害很厲害。不愧是璃姊，璃好棒、璃好棒。」

悠璃完全不當一回事，以超隨便的態度把事情帶過。

「啊，但是，我也作了奇怪的夢喲……隱約還記得內容。」

「咦？什麼樣的夢？」

我一問，次女就用難以言喻的表情說：

「幫忙爸爸外遇的夢。」

「就算是開玩笑，也別在媽媽面前說這種話好嗎？」

爸爸心臟快跳出來了喔！

我瞄了一下老婆的臉色，結果看見了異常溫柔的笑容。

「……悠璃，告訴我詳情吧。如果是妳的話，或許就沒辦法當成只是普通的夢了。」

「真的只是夢啦！我深深為妳著迷！永遠只愛妳一個！」

「哎呀，真的嗎？」

由於聽起來是難掩喜悅的聲音，所以我稍微感到安心。

這時璃乃搶身而入。一邊整個人抱緊我一邊說：

「京介，你跟我只是玩玩的嗎？我們不是一起洗澡，看過彼此最原始的模樣了嗎？」

「最後一次和妳一起洗澡已經是十年前的事了吧！還有這件事絕對不能跟爺爺說！」

「哪邊的？」

「兩邊都不行！」

面對這吵雜的對話，悠璃像是覺得「老早就習慣了」般完全不受影響。

她很自然地回答著母親的問題。

「就算要我說出詳情……老實說我也記得不是很清楚……嗯……」

次女露出開始沉思起夢境的模樣。

接著突然像是想起或者想到什麼一般發出了「啊！」一聲。

「我現在有一件很想做的事情！」

悠璃簡直就像在面對自己的好友一般……

「接下來我們一起去放煙火吧！」

鄉愁席捲我的內心。

陌生的情景開始在我腦內再生。

我、黑貓以及在島上邂逅的朋友圍成一圈放著煙火。

那是夏天的回憶。

並肩一起吃西瓜、以水槍互射、被從樹上掉下來的朋友壓扁。

應該是我想太多吧。那個夏天不可能有這樣的情景。

但是那不可能出現的日子是那麼地開心。

可說是人生最棒的暑假。

「好，那就走吧！」

我把長女從大腿上放下來然後起身。

有種回到年輕時自己的心情。

對過去是黑貓的妻子伸出手來。

「讓我們度過不輸給那一年的夏天吧。」

「求之不得。」

我緊握住心愛之人的手掌。

我的妹妹哪有這麼可愛！16

黑貓與京介的夏天尚未結束──

黑貓if 上

2022年春季
發售預定

「今後可以稱呼我『大嫂』喲。」

「發現自己的心情時，我就決定了。
——我要跟這個人在一起。」
「現在的我是聖天使『神貓』。
從暗之眷屬轉生為『白色天使』的存在喲。」
「把『命運之紀錄』給……」

後記

我是伏見つかさ。謝謝您購買這本《我的妹妹哪有這麼可愛！⑮ 黑貓 if 上》。

作為「伏見つかさ出道十週年企畫」之一而開始的 if 系列，因為綾瀨 if 獲得極大的迴響，才能像這樣為各位獻上黑貓 if。

在此要深深感謝諸位給我鼓勵的讀者。

綾瀨 if 是根據我以前創作的遊戲劇本而完成的輕小說，但黑貓 if 就全都是全新創作了。那是因為ＰＳＰ遊戲《我的妹妹Ｐ》和《我的妹妹Ｐ續集》的黑貓路線劇本，是由我之外的劇作家所創作。現在可能很難入手了，但可以在遊戲裡閱讀到完全不同的黑貓路線劇本。

另外，還有由いけださくら老師所創作的《我的妹妹哪有這麼可愛！》外傳漫畫，也就是名為《我的學妹哪有這麼可愛！》的作品。

兩種作品都描述了與黑貓在一起的未來。

這次的黑貓 if，我也打算創作出不輸給它們的黑貓幸福 if 故事。

目前正順利地創作黑貓if下集。當本書來到諸位的手邊時，我應該已經完成了才對。
下集裡將有許多桐乃與沙織活躍的場面。
熟悉的伙伴們聚集在秋葉原，我很開心能再次親手書寫本傳中出現過好幾次的日常生活，並且將其呈現在大家眼前。
最後有相當重要的宣傳。
由森あいり老師創作的黑貓if開始在《少年Ace》連載了。
繼綾瀨if之後，竟然連黑貓if都獲得漫畫化……！
真的太感謝了。也請大家務必看看這部作品喔。

二〇二〇年六月　伏見つかさ

Character file.21
Yuuri Kousaka

高坂悠璃

◆高坂京介與高坂瑠璃的次女。原本擁有跟母親相同的黑髮。被中二病的姊姊耍得團團轉而感到困擾。無自覺的姊控。經過漫長的旅途後與最討厭的姊姊再次見面。

21

新說 狼與辛香料

狼與羊皮紙 1~6 待續

作者：支倉凍砂　插畫：文倉 十

寇爾與繆里組成只屬於他們倆的騎士團！第一個任務竟是調查來自冥界的幽靈船!?

寇爾與繆里組成只屬於他們倆的騎士團。這時，海蘭託他們前去調查小麥的主要產地——拉波涅爾。當地有個駭人的傳聞，懷疑前任領主諾德斯通與惡魔作了交易。同時，有人想請寇爾這「黎明樞機」協助尋找新大陸，以期解決王國與教會之爭——？

各 **NT$220~280/HK$70~93**

青春豬頭少年不會夢到正義護理師

作者：鴨志田 一　插畫：溝口ケージ

都市傳說「＃夢見」在學生間成為話題。
郁實藉此化身為「正義使者」助人？

寫下來的夢會應驗──這個都市傳說「＃夢見」在學生們的SNS成為話題。咲太目擊郁實藉此化身為「正義使者」助人，也得知她碰上了類似騷靈的現象，而且原因好像來自以前的咲太……？開啟上鎖的過去之門，青春豬頭少年系列第十一集。

各 **NT$200~260/HK$65~80**

86—不存在的戰區— 1~9 待續

作者：安里アサト　插畫：しらび

機動打擊群，派遣作戰的最終階段！
「無法對敵人開槍，即失去士兵之資格。」

犧牲——太過慘重。與「電磁砲艦型」的戰鬥，不只導致賽歐負傷，也讓多名同袍成了海中亡魂。西汀與可蕾娜也因此雙雙失去了平常心。即使如此，作戰仍需繼續。為了追擊「電磁砲艦型」，辛等人前往神祕國度，諾伊勒納爾莎聖教國，然而——

各 **NT$220~260/HK$73~87**

豬肝記得煮熟再吃 1~2 待續

作者：逆井卓馬　插畫：遠坂あさぎ

作為一隻豬再次造訪劍與魔法的國度！
最重要的少女卻不見蹤影……？

在我稍微離開的期間，聽說黑社會的傢伙造反王朝，目前情勢似乎很緊張。而我……我才沒有無法克制自己地想見到潔絲呢。而在這種局面中奮戰的型男獵人諾特，試圖拯救被迫背負殘酷命運的耶穌瑪們。王朝、黑社會、解放軍——三方間的衝突一觸即發！

各 **NT$220/HK$73**

國家圖書館出版品預行編目資料

我的妹妹哪有這麼可愛!. 15, 黑貓 if. 上 / 伏見つかさ作 ; 周庭旭譯 .
-- 初版 . -- 臺北市 : 臺灣角川 , 2021.12
面 ; 公分 . -- (Kadokawa fantastic novels)
譯自 : 俺の妹がこんなに可愛いわけがない . 15, 黑猫 if. 上
ISBN 978-626-321-040-0(平裝)

861.57 110017676

Kadokawa Fantastic Novels

我的妹妹哪有這麼可愛！ 15
黑貓if 上

（原著名：俺の妹がこんなに可愛いわけがない 15 黑猫if 上）

2021年12月6日　初版第1刷發行
2024年7月29日　初版第4刷發行

作　者：伏見つかさ
插　畫：かんざきひろ
日版設計：伸童舍
譯　者：周庭旭

發 行 人：台灣角川股份有限公司
總　監：呂慧君
總 編 輯：蔡佩芬、朱哲成
主　編：林秀儒
設計指導：陳晞叡
印　務：李明修（主任）、張加恩（主任）、張凱棋、潘尚琪

發 行 所：台灣角川股份有限公司
地　址：104台北市中山區松江路223號3樓
電　話：（02）2515-3000
傳　真：（02）2515-0033
網　址：www.kadokawa.com.tw
劃撥帳戶：台灣角川股份有限公司
劃撥帳號：19487412
法律顧問：有澤法律事務所
製　版：巨茂科技印刷有限公司
ISBN：978-626-321-040-0

ORE NO IMOTO GA KONNANI KAWAIIWAKEGANAI Vol.15 KURONEKO if JOU

Edited by 電撃文庫
First published in Japan in 2020 by KADOKAWA CORPORATION, Tokyo.
Complex Chinese translation rights arranged with KADOKAWA CORPORATION, Tokyo.